# POUR CINQ NUITS ET POUR LA VIE

JESSA JAMES

KSA PUBLISHERS

**Pour cinq nuits et pour la vie**

Copyright © 2019 par Jessa James

Tous droits réservés. Aucune partie de ce livre ne peut être reproduite ou transmise sous quelque forme que ce soit ou de quelque manière, électrique, digitale ou mécanique. Cela comprend mais n'est pas limité à la photocopie, l'enregistrement, le scannage ou tout type de stockage de données et de système de recherche sans l'accord écrit et exprès de l'auteur.

Publié par Jessa James
James, Jessa

**Pour cinq nuits et pour la vie**

Design de la couverture copyright 2019 par Jessa James, Auteure
Crédit pour les Images/Photo : Deposit Photos: inarik

Note de l'éditeur :
Ce livre a été écrit pour un public adulte. Ce livre peut contenir des scènes de sexe explicite. Les activités sexuelles inclues dans ce livre sont strictement des fantaisies destinées à des adultes et toute activité ou risque pris par les personnages fictifs dans cette histoire ne sont ni approuvés ni encouragés par l'auteur ou l'éditeur.

## À PROPOS POUR CINQ NUITS ET POUR LA VIE

Cinq jours. Cinq nuits.
Pas plus.

Quand je décidai de fuir le plus loin possible de mon ex volage, un séjour dans un grand hôtel d'une station de ski, perdue dans les montagnes du Colorado pendant la semaine de la Saint Valentin, me sembla être une bonne idée.
Sauf que je ne savais pas skier.

Sans même vous raconter mon expérience de mort imminente, quand Nick est apparu et m'a sauvée, littéralement, avant que je perde le contrôle sur les pistes, il m'a également donné envie de perdre le contrôle dans d'autres… domaines. Tout juste sorti de l'armée, tout en muscles durs et tatouages, il m'offrit exactement ce dont j'ai besoin – cinq jours, cinq nuits – sans attache.

Nous vivions dans deux mondes différents. Séparés par des milliers de kilomètres. Mais comment faire quand le cœur s'en mêle et s'emmêle ?

## CHAPITRE UN

ANGEL

Premier jour

Je poussai un petit cri en sortant de la navette confortable de l'hôtel, le froid s'abattant sur moi comme une avalanche. Je frissonnai, mais un sourire se dessina sur mon visage quand je remarquai le panorama. Les montagnes en face de moi, toutes en crêtes aigues, paraissant assez aiguisées pour être tranchantes, étaient recouvertes par endroits d'édredons de neige blanche et me semblaient tout à coup beaucoup plus amicales. De manière générale, on ne pouvait pas dire que j'aimais le froid, des vacances à la plage étaient plus mon style, mais cette fois-ci je faisais une énorme exception. C'était juste pour cette fois. Après tout, ce voyage était déjà réservé, payé… et je n'avais rien eu à débourser.

« La réception est par ici mademoiselle Rose. »

Je me retournai et souris au garçon de l'hôtel. « Merci, je vous suis. »

Il me sourit en retour et je le suivis jusqu'aux magnifiques portes en chêne épais de l'hôtel Silverwood, un chalet luxueux niché au cœur des montagnes du Colorado.

Normalement, les gens dans mon genre n'auraient jamais été autorisés à mettre ne serait-ce qu'un orteil dans un endroit pareil et même de s'approcher à moins de deux kilomètres de ce genre d'hôtels si luxueux – ils auraient été capables de sentir à des kilomètres que je n'appartenais pas à leur monde et auraient envoyé la sécurité pour me jeter dehors – mais là, c'était différent. Un mois auparavant, j'avais gagné le gros lot.

Les portes s'ouvrirent et je pénétrai à l'intérieur, le sourire sur mon visage s'élargissant de plus en plus, j'étais prête à commencer à me détendre sur le champ. Je me voyais devant un feu de bois chaleureux, enroulée dans des couvertures, parcourant lisant un bon bouquin tout en sirotant un bon whisky tourbeux. Et après ça, je profiterais sans vergogne du room service. Et seulement après, si je me sentais suffisamment en forme et rechargée, j'irais faire un tour sur les pistes.

Mais c'est alors que je remarquais les décorations, les cœurs, les bannières qui parsemaient le hall, tout dans les tons rose et de rouge. Une vraie agression visuelle, violente et surchargée. Des petits chérubins joufflus pointaient même leurs sales arcs dans ma direction.

Intérieurement, je grognai. Le hall était englué dans toutes les teintes de rose imaginables, décoré pour le jour le plus gerbant de l'année : la Saint Valentin. Je pensais qu'en venant ici, j'échapperais à la fête que j'appréciais le moins de l'année et à tous mes amis énamourés.

Je secouai la tête. Ça n'allait pas me gâcher mon séjour dans ce magnifique endroit. Je ne le permettrais pas.

Au moins l'odeur réconfortante du bois brûlant dans les

cheminées était-elle toujours présente dans l'atmosphère. J'allais prétendre ne pas voir ces décorations et me concentrer sur les moments fabuleux que j'allais pouvoir passer ici, profitant de chaque opportunité pendant le temps qui m'était imparti.

Le chauffeur m'accompagna jusqu'à la réception et posa mes valises à mes pieds. « Nous vous souhaitons un excellent séjour, Mademoiselle Rose.

— Merci beaucoup, » lui répondis-je rajustant mon attitude. Quelle importance si l'endroit ressemblait à l'intérieur d'un marshmallow géant ? J'étais là, pour prendre du temps pour moi pour une fois ! Je farfouillai dans mon sac à la recherche d'un pourboire. Il me fit un signe de la main, le sourire toujours aux lèvres. « Ils me payent suffisamment bien ici. Les sourires sont gratuits. »

Les choses commençaient bien, pensais-je alors que le chauffeur me quitta avec un clin d'œil.

« Je vous enregistre ? »

Je me retournai pour faire face à la réceptionniste enjouée qui me regardait, un grand sourire sur ses belles joues roses. Au-dessus de la poche de son joli blazer, un badge mentionnant son nom : Mandy. Si j'étais du genre joueuse, je parierais mon argent sur elle comme étant l'instigatrice de cette abondance de décors envahissant le hall. Avec son visage rond et ses boucles blondes, Mandy semblait elle aussi faire partie des chérubins qui s'égayaient dans les nuages en coton suspendus au-dessus de nos têtes.

« Oui, Angel Rose. J'ai gagné le concours de la radio.

— Bienvenue Mademoiselle Rose. Je pense que des félicitations sont de rigueur. Vous êtes avec nous pour cinq jours et cinq nuits jusqu'au samedi 17. Vous allez passer un agréablement moment avec nous, je peux vous l'assurer. »

Je hochai la tête, la joie commençant à envahir mon corps

tout entier. La semaine précédente, j'avais fait des recherches sur l'endroit pendant mes pauses déjeuner, choquée de découvrir combien ce court séjour m'aurait coûté si j'avais dû le payer de ma poche. C'était l'équivalent d'un mois de salaire, et même un peu plus. « Oui, cinq longues et merveilleuses journées.

— Parfait, répondit-elle, pianotant sur son clavier. Combien de clés ?

— Une seule, » lui répondis-je sans pouvoir retenir mon soupir. Puis je me repris immédiatement.

Ne serait-ce qu'un mois auparavant, je ne serais pas venue ici toute seule. Mais ce n'était pas le moment de se mettre à soupirer. Ce temps était derrière moi. Je m'étais promis de ne plus penser à lui. C'était fini entre nous. Terminé. Et j'étais ici pour moi. Je n'avais pas besoin d'être accompagnée pour la Saint Valentin… en fait je n'avais besoin de personne. J'étais déjà heureuse, et je pouvais continuer à l'être toute seule, me dis-je tout en hochant la tête d'un mouvement volontaire.

« Très bien, dit-elle tout en glissant vers moi la carte ainsi qu'un plan mentionnant les différentes zones de l'hôtel. Des animations sont prévues toute la semaine, n'hésitez pas à y faire un tour. Et nous avons actuellement beaucoup de célibataires dans l'hôtel, ne vous inquiétez pas pour ça, ajouta-t-elle avec un clin d'œil qui en disait long. Une liste complète des activités proposées est déjà disponible dans votre chambre. Et comme vous le savez aussi sûrement, tous vos repas ainsi que vos boissons sont inclus. Assurez-vous simplement de le signaler lors de vos commandes. C'est la même chose pour l'équipement de ski que vous pourrez vouloir louer et le spa est également à votre entière disposition. »

Que c'était agréable à entendre. « Merci beaucoup.

— Profitez bien de votre séjour parmi nous et si vous

avez besoin de quoi que ce soit, n'hésitez pas à venir me voir, je suis là pour ça. » Mandy donna un coup sur la sonnette du comptoir et regarda autour d'elle comme si elle cherchait quelqu'un. Elle tapa encore une fois d'un mouvement impatient. « Rich ! Peux-tu porter les valises de cette cliente jusqu'à sa chambre je te prie ? demanda-t-elle à un membre du personnel qui passait devant-elle.

— Je m'apprêtais à aller en pause, répondit-il, un peu hésitant, son regard s'attardant sur la porte de service qu'il avait presque réussi à atteindre avant qu'elle ne l'interpelle.

— Rich, s'il te plait ? Je ne peux pas quitter la réception.

— C'est bon, ne vous inquiétez pas pour moi. Je peux porter mes bagages toute seule.

— Non, non, ça fait partie du service, n'est-ce pas Rich ? » continua Mandy en le regardant avec insistance.

Il soupira, mais plaqua un sourire sur son visage. « Très bien, suivez-moi je vous prie. » Je l'entendis murmurer au passage : « Tu m'en dois une, Mandy. »

Rich, mon porteur récalcitrant se saisit des bagages. Je lui emboîtai le pas jusqu'aux ascenseurs et tout heureuse, appuyai rapidement sur le bouton, avant même qu'il n'ait la chance d'esquisser un mouvement.

Honnêtement, je ne pensais pas avoir une chance de gagner ce concours à la radio quand j'avais appelé, un matin, en me rendant au travail. Sur le moment, j'avais pensé que ce séjour romantique aurait-été un joli cadeau que nous aurions pu partager, mon petit ami, Tim et moi, pour la Saint-Valentin, si j'avais remporté le premier prix. Mais avant que j'aie pu lui annoncer la bonne nouvelle et le voyage gagné, il avait lancé une bombe. Anéantissant tous mes espoirs et l'idée même que la chance ait enfin pu tourner de mon côté.

Les portes s'ouvrirent et j'entrai dans l'ascenseur aux parois entièrement vitrées, appuyant sur le bouton du troisième étage où se situait ma suite. J'avais l'impression de me trouver dans une carafe en cristal et je me sentais mal pour la personne chargée de nettoyer toutes ces surfaces vitrées pour les garder étincelantes.

Sans que je puisse m'en empêcher, mes pensées dérivèrent encore vers mon ex. C'était sûrement mieux comme ça, qu'il ne m'accompagne pas. Une part de moi avait pensé qu'il allait enfin se décider à me demander en mariage, quand il m'avait invitée au restaurant. Après tout, nous étions ensemble depuis deux bonnes années déjà – du moins je pensais qu'elles avaient été bonnes, peut-être un peu barbantes parfois, mais nous nous aimions et je ne rajeunissais pas, comme me le faisaient gentiment remarquer mes amies déjà mariées.

Mais ce n'était absolument pas ce qu'il comptait m'annoncer. Non, à la place, il avait décidé de me briser le cœur – et en public de surcroît – en disant qu'il s'ennuyait, qu'il en avait marre de moi, de notre relation et qu'il avait envie de fréquenter d'autres gens. En fait, il avait même déjà trouvé quelqu'un d'autre. Tim, toujours proactif.

« Je suis désolé Angel, avait-il dit, alors que je le regardais, incrédule, au milieu de ce joli restaurant. Je l'ai rencontrée au travail et je la trouve fabuleuse. Je crois bien que Michèle est la bonne. »

La plupart des femmes ont des réparties en réserve à sortir dans l'éventualité d'une rupture de ce genre, elles savent quoi dire, quoi faire et comment réagir pour s'assurer d'embarrasser le plus possible l'homme qui leur briserait le cœur.

Mais moi ? Je n'ai rien trouvé à dire. Tout ce que nous avions construit ensemble, tous ces moments, envolés. Je fus totalement démunie, prise au dépourvu, étourdie, avec une bordée de juron coincés dans ma gorge, comme dans un évier bouché. Et je n'eus même pas eu l'occasion de lui lancer de manière théâtrale mon verre de vin à la figure.

Ce n'est que quand le serveur s'est approché de moi pour me demander si je désirais quelque chose que ma voix est revenue. Mais Tim avait déjà son manteau sur les épaules et s'apprêtait à partir, après avoir rempli avec succès sa mission de creuser un gouffre dans mon cœur... et dans la vie que je croyais que nous allions partager.

Embarrassée, je m'excusai auprès du serveur et filai du restaurant, les larmes se mirent à couler librement sur mes joues quand je fus surprise par une averse inattendue.

Les portes de l'ascenseur s'ouvrirent et je secouai la tête pour chasser mes pensées, comme s'il s'était agi de gouttelettes d'eau et suivre mon porteur qui marchait d'un bon pas à travers les couloirs au plancher de bois poli. Arrivé devant la porte que je présumais être celle de ma chambre, il posa les valises par terre et partit en trombe. « Désolé, lança-t-il en s'excusant d'un mouvement de la main, je ne peux pas me retenir plus longtemps ! »

Je fronçai les sourcils et plissai le nez. N'aurait-il pas dû me faire faire le tour de ma chambre avant de me laisser comme ça ? Mais bon, si j'avais dû choisir entre être laissée toute seule et que ce jeune homme nous fasse une flaque sur ce si joli parquet, le choix était vite fait.

En insérant la clé dans la serrure, je me préparais à une vision de rêve. Du beau bois chaud et du mobilier doux allaient me tendre les bras quand je franchirais cette porte, comme ce que j'avais vu dans la brochure. Je ne pouvais plus attendre. Une lumière verte clignota sur la poignée de la porte et je poussai le lourd battant, hoquetant de surprise devant la vue magnifique que m'offrait l'immense fenêtre à l'autre bout de la pièce.

C'était encore mieux que ce que j'aurais pu imaginer. La

chambre en elle-même était immense, dans les tons de bois doré et les boiseries baignaient dans une douce clarté, propice à la détente. Mais ce qui me coupa littéralement le souffle fut la vue sur les montagnes que m'offrait l'immense fenêtre.

Laissant tomber ma valise à côté du canapé, je traversai la pièce et me collai contre la vitre avant de m'emparer de la poignée et de l'ouvrir en grand. Et en plus il y avait un balcon ! Je sortis dehors, sans me soucier de l'air glacé. Le soleil miroitait sur la neige d'un blanc pur qui s'étendait à perte de vue sur des kilomètres. Des skieurs parsemaient la montagne et profitaient de la nouvelle couche de poudreuse toute fraîche. C'était absolument magique.

Laissant le balcon, je continuai mon exploration de la suite. Une cheminée à gaz était en fonctionnement dans un des coins de la pièce, juste en face d'un fauteuil d'angle parfaitement positionné. Un petit bar attendait dans un renfoncement du mur et était bien rempli de nombreuses bouteilles.

Passant la porte, je faillis presque me mettre à glousser quand j'aperçus l'énorme lit king size. La chambre était disposée de l'autre côté de la cheminée qu'elle partageait avec le salon et était également pourvue de meubles, une jolie coiffeuse, un tabouret recouvert de tissu et un fauteuil accueillant.

D'autres grognements de satisfaction s'échappèrent de ma gorge quand je découvris la salle de bain principale, avec sa baignoire, ses carreaux de marbre brillant et sa douche à l'italienne. C'était un modèle d'élégance, qui devait faire deux fois la taille de mon petit appartement. Et pourtant, elle était à moi et rien qu'à moi pour les cinq prochains jours, mon petit coin de paradis personnel.

En soupirant à nouveau de plaisir, je repartis vers le salon pour y prendre mes affaires, m'assurant de bien fermer la porte pour conserver la chaleur de la pièce. Après l'épuisant voyage en avion qui m'avait amenée ici depuis la côte est, je ne rêvais que de prendre un bon bain chaud tout en sirotant un breuvage alcoolisé hors de prix. Maintenant que j'avais vu la chambre, l'attrait du paysage, avec ses pistes de ski et le froid, baissa drastiquement.

Tout ce que je désirais désormais, c'était me détendre et oublier mon cœur brisé et le retour à la réalité qui m'attendait dans cinq jours.

En souriant, je me débarrassai de mes bottes. Mes vacances commençaient officiellement, mais ce n'était pas pour autant qu'elles allaient bien finir. Parce que madame la chance semblait avoir décidé de confier les rênes de mon destin à un lutin capricieux qui n'avait rien de mieux à proposer que des surprises de plus ou moins bon goût… et je n'aurais d'ailleurs pas à attendre longtemps pour que le désastre s'abatte sur moi à nouveau, sous la forme d'un étranger, dans ma chambre et moi, nue, ma serviette de bain en boule à mes pieds, mon corps offert à son regard.

## CHAPITRE DEUX

NICK

« Je vous souhaite un excellent séjour M. Lowry et n'hésitez pas à me contacter s'il y a quoi que ce soit que je puisse faire pour vous. »

Je fis un clin d'œil à la fille derrière le comptoir et me dis que je pourrais bien prendre son offre au pied de la lettre. Après tout, j'étais ici en vacances.

M'ayant expliqué que le porteur était indisponible pour un moment, elle m'indiqua du doigt la direction l'ascenseur. Après un long voyage en avion, j'étais enfin arrivé, dans les belles montagnes du Colorado, pour quelques jours de détente et de relaxation.

La chambre n'aurait pas pu être plus belle, mais je ne pris pas le temps de la détailler, préférant me diriger droit vers le mini bar. Mon vol avait été retardé de deux heures, me coinçant dans ce satané aéroport, un endroit que je n'appréciais déjà pas beaucoup au départ.

Mais bon, je ne payais rien de tout ce joli séjour, donc je n'allais pas commencer à me plaindre.

Après avoir sélectionné une bouteille de whisky écossais, je m'en servis une généreuse rasade dans un beau verre en cristal et commençai à le siroter. Je sentis immédiatement le liquide brûlant glisser dans mon œsophage, puis dans mon ventre, me réchauffant de la tête aux pieds. Je n'arrivais toujours pas à croire que j'avais gagné ce concours. Et quand j'avais donné la bonne réponse, en même temps que l'autre concurrente, la station de radio avait été forcée de nous déclarer vainqueurs tous les deux. J'avais gagné le même voyage que l'autre participant. En regardant la pièce autour de moi, je devais leur reconnaître ce mérite, ils avaient tenu parole et n'avaient pas fait les choses à moitié. Je m'attendais un peu à ce qu'ils m'envoient dans un motel miteux et qu'ils me donnent des coupons gratuits pour quelques activités.

Alors que là, j'avais cinq longs jours pour dévaler les pistes de ski, me donner à fond et cinq nuits pour trouver d'autres façons bien agréables de m'épuiser, du moins c'est ce que j'espérais. Après tout, c'était la meilleure semaine pour ça, la Saint Valentin n'était que dans quelques jours. Il devait bien rester quelques jolies gazelles des neiges encore célibataires dans le coin. Et sinon, la réceptionniste avait bien l'air du genre à se laisser trousser derrière son comptoir.

Avalant en une grosse gorgée le reste de mon whisky, je fixai les pistes, me réjouissant du bon timing auquel tombait ce voyage. Après un an à travailler comme un dingue, mon entreprise de sécurité commençait enfin à décoller et nous avions décroché quelques gros contrats. Avec mes deux frères en tant qu'associés, nous avions dû mettre littéralement nos vies sur pause pour pouvoir faire de ce projet une réussite.

J'étais supposé être le plus chanceux des trois, vu que je n'avais pas d'attaches, de femme hystérique, ni rien qui puisse se mettre en travers de notre rêve. Mais c'est également moi qui avais dû me coltiner la majorité du boulot, étant donné que je n'avais pas ce genre d'obligations. Je ne le regrettais pas le moins du monde, notez bien, ayant été envoyé trois fois sur le front pour servir mon pays, je voulais désormais pouvoir protéger mes concitoyens depuis le sol américain.

Me versant un autre verre, je détaillai la chambre. C'était une magnifique suite, idéale pour décompresser. Mes yeux se posèrent sur une masse indistincte à côté du canapé. Je m'approchai pour y jeter un œil. Mais avant que je puisse examiner ce qui semblait être une valise abandonnée, que l'occupant précédent avait vraisemblablement oublié avant de partir, une porte s'ouvrit sur ma gauche. Une femme se mit à crier et j'en fis presque tomber mon verre par terre de surprise.

« Sortez d'ici ! »

Me retournant, je me trouvai face à face avec l'origine du hurlement, les pointes de ses cheveux bruns encore dégoulinantes de l'eau du bain. Elle était drapée dans une moelleuse serviette blanche et se tenait dans l'encadrement de la porte. Elle s'approcha pour attraper un objet décoratif posé sur une console toute proche.

« Qu'est-ce que vous faites là ? Qui êtes-vous ? lui répondis-je tout autant surpris qu'elle.

— Sortez de ma chambre ! » cria-t-elle à nouveau, jetant une plante en plastique dans ma direction. J'esquivai et elle s'écrasa sur le mur derrière moi, je levai les deux mains en l'air.

—Attendez ! Attendez une minute, merde ! Arrêtez de me lancer des trucs dessus ! »

Elle me jeta quand même un coussin à la figure. Mais, emportée par le mouvement, sa serviette partit avec. J'attrapais le coussin décoratif par les pompons, prêt à lui renvoyer à la figure, mais elle était trop préoccupée. Mes yeux se régalèrent de ce qu'ils virent. Son corps doux aux formes généreuses me réduisit au silence. Sa belle poitrine tressauta quand elle essaya de se couvrir, ses mains essayant tant bien que mal de cacher ses tétons sombres en train de durcir. Et elle oublia le bas. Elle ne devait pas avoir assez de mains pour couvrir l'intégralité de sa nudité. Et les boucles brunes lustrées que j'y aperçus, me mirent l'eau à la bouche. Je me léchai les lèvres.

« Arrêtez de me fixer. Tournez-vous ! cria-t-elle en essayant d'attraper quelque chose pour se couvrir. Finalement, elle décida d'aller chercher sa serviette qui avait atterri à quelques dizaines de centimètres devant elle et enroula son corps magnifique à l'intérieur. Peut-être avais-je trouvé ma gazelle des neiges après tout.

« Oh, allez, c'est pas si grave, lui dis-je avec un sourire dans lequel je mis tout mon charme. Ne vous cachez pas pour moi. Ce corps mérite d'être vu. Ce serait vraiment dommage de le—

— Pas par vous ! Ouste j'ai dit ! » Cette fois-ci, sa main se referma sur l'ouvre-lettre posé sur le bureau et elle arma son bras.

« On se calme ma jolie ! » criai-je à mon tour en me cachant derrière le coussin dans une tentative pitoyable pour m'en faire un bouclier. Je n'avais pas envie de me faire planter aujourd'hui… c'était plutôt moi qui avais l'intention de m'enfoncer quelque part.

Heureusement elle s'arrêta et je lui lançai un regard par-dessus le bord de mon bouclier de fortune. Elle était à bout de souffle et se cramponnais à sa serviette comme si sa vie en dépendait.

« Je crois qu'il y a eu un petit problème à la réception.

— Ça, c'est clair qu'il y a un problème, commenta-t-elle, en se dirigeant vers le téléphone qu'elle décrocha aussitôt. Oui, bonjour, ici Angel Rose de la chambre 321. Il y a un intrus dans ma chambre. J'ai besoin que vous m'envoyiez la sécurité, tout de suite !

— Hé ! Attends une minute ! Commençais-je, à bout de patience. La 321, c'est ma chambre. C'est vous qui êtes au mauvais endroit.

— J'étais là la première, » commença-t-elle, le téléphone toujours collé à son oreille. Ça, je ne pouvais pas lui retirer.

« Quoi ? Que me dites-vous ? Passez-moi votre manager ! »

J'attendis en la regardant devenir livide sous mes yeux, puis lui pris le téléphone des mains en ignorant ses protestations. Elle essaya de me le reprendre, mais je levai le combiné hors de sa portée.

« Attention ou vous allez encore faire tomber ta serviette et je ne sais pas si ça serait une bonne chose pour aucun de nous deux, hein ? lui dis-je en haussant les sourcils et en lui décochant un sourire démoniaque.

— Beuh ! »

Je reportais mon attention sur la personne au bout du fil. « Oui, bonjour, ici Nick Lowry et je suis supposé dormir dans cette chambre. J'en ai même la clé, sur moi.

— M Lowry, bonjour, je suis le manager, nous venons de vérifier notre système et il apparaît qu'il y a eu une terrible erreur. Je ne sais même pas comment cela a pu se produire. »

Je l'interrompis en demandant directement : « Quoi, quelle erreur ? De quoi parlez-vous ? Accouchez, merde !

— Je l'ai déjà dit tout à l'heure cette réplique, grommela la femme à côté de moi. Si vous ne m'aviez pas arraché le téléphone des mains j'aurais déjà la réponse à cette question. Mais non, oh, l'homme grand et fort se doit de régler tous les problèmes…

— Nous vous avons attribué la même chambre par erreur

comme l'a dit ma collègue à Mademoiselle Rose, expliqua le manager.

— Oh non, je ne pus m'empêcher de rire en me passant une main sur le visage. La station de radio m'avait pourtant juré qu'ils m'avaient réservé une chambre pour moi tout seul.

— Je suis vraiment désolé, répéta le responsable. Ils ne l'ont pas fait et, je ne sais toujours pas comment cela a pu arriver, mais vous avez été tous les deux placés dans la 321. »

Ce n'était pas non plus la fin du monde me dis-je rapidement. Ce n'était qu'un menu problème, facilement gérable. Dans mon boulot, on devait pouvoir s'adapter rapidement et trouver le plus rapidement possible des solutions alternatives.

« Très bien, mettez-moi dans une autre chambre alors. Je paierais la différence et je m'arrangerai avec la station plus tard.

— Je suis désolé, mais… oh non. Je suis navré, monsieur, mais ce n'est pas possible, » continua l'homme au bout du fil. Il soupira, « Tout l'hôtel est plein. Il ne reste plus une seule chambre de libre. Nous sommes la semaine de la Saint Valentin après tout.

— C'est pas possible !

— Je ne peux que vous présenter mes plus plates excuses. Peut-être pourrais-je—

— Merde, murmurais-je, raccrochant brutalement le téléphone avant qu'il n'ait pu ajouter quoi que ce soit. Ce n'était pas possible que ça se passe comme ça. Je fixai la femme décoiffée devant moi.

— Allo ? Il a dit quoi alors ? me demanda-t-elle en agitant une main devant mon visage. La Terre appelle Monsieur l'intrus. »

Je baissai les yeux pour croiser le regard de ma nouvelle colocataire et me passai une main dans les cheveux.

« Vous voulez la bonne ou la mauvaise nouvelle ?

— La bonne. » répondit-elle lentement.

Je souris. « La bonne nouvelle, c'est que vous avez un nouveau colocataire.

— C'est ça la bonne nouvelle ? cria-t-elle. J'imagine même pas ce que peut être la mauvaise.

— Je vous ai, menti, il n'y a pas de mauvaise nouvelle... sauf si vous trouvez le fait qu'on soit coincés tous les deux ici comme une mauvaise nouvelle. Il y a pire je trouve, non ? lui dis-je en la regardant.

— Non, dit-elle en levant une main. Ce n'est pas possible, vous devez partir. Tout de suite. Je ne peux pas vous laisser, ou laisser qui que ce soit d'autre d'ailleurs rester avec moi... non, c'est impossible. Vous devez vous en aller. »

Je ris. « Et pourquoi c'est moi qui partirais d'abord ? J'ai autant le droit que toi d'être dans cette suite. Cette chambre nous est réservée, à tous les deux. »

Elle se mordit la lèvre et j'en profitai pour la regarder plus en détail, remarquant le bleu acier de ses yeux, la beauté de ses traits. Et en plus elle ne portait aucun maquillage.

— C'est impossible, nous ne pouvons pas rester ici tous les deux.

— Pourquoi pas ? Nous sommes deux adultes. Je pourrais être votre Valentin, lui dis-je en faisant bouger mes sourcils. Elle me foudroya du regard. Ok, laissez tomber... très bien. Si vous promettez de bien vous tenir, je suis certain de pouvoir faire la même chose de mon côté.

— Franchement, vous vous entendez ? Vous vous prenez pour une sorte de demi-dieu ou quoi ?

— Je serai qui vous voudrez ma belle. Vous devriez plutôt sauter de joie, imaginez... cinq nuits avec moi. Les autres femmes paient très cher pour ce genre de privilèges !

— Vous êtes vraiment pas net, » cracha-t-elle. Mais je ne

pus m'empêcher de remarquer la manière dont son regard s'attarda sur mon corps, s'arrêtant un instant sur la boucle de ma ceinture. Vas-y ma belle, regarde tant que tu veux. Je me sentais déjà durcir. Elle poussa un petit cri, recula d'un pas et fit demi-tour.

Je soufflai tout en essayant de maîtriser mon sourire.

« Très bien, écoutez. Je vais parler sérieusement. Il n'y a rien qu'on puisse faire et je n'ai franchement pas envie de partir d'ici, et vous ? » Elle secoua la tête et me regarda par-dessus son épaule. Je poursuivis, « Nous pouvons nous arranger pour ne pas nous gêner et profiter de ce magnifique séjour pendant cinq jours. Je ne vous ennuierez pas, je le jure sur la tombe de mon père. Je peux être un vrai gentleman.

— Ouais, c'est ça. » Mais elle s'arrêta tout de même pour considérer mon offre pendant un moment, avant de me regarder avec un grand sourire. Très bien, mais c'est moi qui prends la chambre !

« Minute papillon, » commençais-je, mais elle était déjà partie et m'avait claqué la porte au nez. Je l'entendis verrouiller la porte de la chambre de l'intérieur et je me retins de frapper. « Oh, allez, dites-moi votre nom au moins ! »

CHAPITRE TROIS

ANGEL

*I*l a enfin fini par partir !

En me faisant aussi silencieuse qu'une petite souris, j'ouvris légèrement la porte de la chambre et jetai un œil dans le salon, tous mes sens en alerte, à l'affût du moindre bruit qui signifierait la présence de l'étranger, avant de me décider à sortir.

Pendant une heure j'étais restée enfermée dans la chambre, mon euphorie initiale complètement évanouie. Pouf, comme un pétard mouillé. Pourquoi, mais pourquoi, même ça, ne fonctionnait pas comme il fallait ? Voilà que maintenant, c'était parti pour cinq nuits en enfer. J'appelai une nouvelle fois la réception, mais ils ne pouvaient rien faire de plus. Même les autres hôtels des environs — qui étaient d'ailleurs à plusieurs heures de route — étaient remplis à ras bord. Soit, je restais, mais je devais partager ma chambre, soit ils se proposaient de me reconduire à l'aéroport pour voir si je pouvais changer de vol. À contrecœur, je choisis tout de même de rester.

En rentrant dans le salon, il était quasiment impossible de deviner que quelqu'un d'autre y avait séjourné auparavant.

Le seul indice étant la valise de taille moyenne, posée tranquillement dans un coin, comme un chien coupable qui aurait fait une bêtise. Le verre vide sur le bar était le seul signe de la présence de l'intrus.

Oh, et son parfum aussi. Ça sentait dans toute la suite. Il s'était même infiltré dans la chambre, comme si le parfum cherchait à me rappeler qu'un étranger sexy était juste de l'autre côté du battant.

Je soupirai. Ce n'était pas vraiment un étranger. C'était l'autre concurrent qui avait appelé la radio, comme moi. C'était forcément ça.

C'était un jeu ridicule, il fallait donner le nom du film duquel une réplique était tirée et il avait eu la chance de commencer en premier. Moi, bien évidemment, j'ai tout de suite su la réponse à sa question et quand il s'est trompé, j'ai eu du mal à contenir mon excitation en lâchant le nom du bon film.

Mais apparemment, il n'avait pas tort et la réplique en question était présente dans plus d'un film. Et donc, voilà que maintenant, j'étais forcée de partager ma suite avec un presque inconnu. Je me demandai si je ne devais pas téléphoner à la station de radio pour leur dire ma façon de penser… Comment osaient-ils me mettre dans une situation pareille ?

Et qu'importe qu'il soit beau.

« Oh non, n'y pense même pas, » me murmurais-je. Ce n'est pas parce que je passais de plus en plus de temps avec mon petit canard vibreur que ça voulait dire que j'étais désespérée au point de me jeter dans les bras du premier venu, juste parce qu'il m'aurait gratifié d'un sourire. Même si le sourire en question était bien sexy.

Mais il n'était pas mon genre, beaucoup trop bien pour moi… tout en muscles, mignon et charmeur, du genre à faire tourner toutes les têtes sur son passage et à causer plus de problèmes que nécessaire. Et en plus il avait l'air d'être un sacré dragueur. J'étais sûre qu'il était en bas, déjà occupé à entreprendre la réceptionniste. Elle semblait tout à fait du genre à se laisser charmer par ses répliques cliché et son côté macho. Moi, mon style, c'était plutôt les intellos calmes. Tim était comptable, il portait des lunettes et avait une passion pour les vieux films et en particulier les westerns prétentieux. C'était beaucoup plus mon kif. Terre à terre et beaucoup moins compliqué à gérer... enfin, jusqu'à ce qu'il foute tout en l'air.

Peut-être m'avait-il quitté parce qu'il n'arrivait pas à comprendre mon amour pour les films d'action. J'adorais les grosses scènes d'action et insistais toujours pour qu'il m'accompagne voir tous les derniers films de Mark Wahlberg ou Bruce Willis. Il détestait et ne se gênait pas pour me dire à quel point il trouvait que j'avais mauvais goût. Moi par contre, je regardais les films qu'il proposait sans soupirer, ni me plaindre. Pour lui, j'étais prête à changer et à essayer, moi aussi, d'apprécier ce qu'il aimait.

Ce n'était pas réciproque.

Chassant Tim de mes pensées, je lissai le joli sweat et le legging que j'avais choisi de porter ce soir et donnai un peu de volume à ma chevelure. J'étudiai mon reflet dans le grand miroir et me fit la promesse de réduire les pizzas, mais globalement, on pouvait dire que j'étais plutôt satisfaite de ce que j'y voyais. Ce voyage avait été l'occasion d'ajouter de nouvelles pièces à ma garde-robe et j'étais ravie de ne pas m'être laissée tenter par des habits un peu trop décontractés.

Après tout, j'avais un colocataire désormais.

« Argh. » Je grognai en m'emparant de ma pochette avant de sortir de la suite. Je n'allais pas laisser ce fâcheux concours de circonstances ruiner mon séjour. Il me restait toujours la nourriture et l'alcool gratuits à volonté et ce soir, je comptais bien en profiter.

Après avoir bien refermé la porte, je me dirigeai vers les ascenseurs et appuyai fermement sur le bouton, les rires et le bruit de la soirée dérivant déjà jusqu'à moi depuis le centre de l'hôtel. Je voulais m'amuser, ne plus m'inquiéter de rien et oublier pour un moment la réalité de ma vie. Je n'avais pas une carrière formidable – je n'avais jamais vraiment trouvé ma voie – et je passais donc mes journées à répondre au téléphone et à travailler en tant qu'assistante administrative pour un cabinet d'avocats. Bien que mon salaire me permette de payer mes factures, je n'étais que moyennement heureuse, ce travail n'était clairement pas passionnant.

Je n'avais presque plus de vie sociale, les deux dernières années de ma vie ayant été centrées autour d'un homme qui n'avait manifestement pas apprécié mes sacrifices. Je sortis mon téléphone portable et ajoutai quelques lignes sur ma liste de choses à faire. Appeler Rachel et Léonie. Il fallait que je contacte les filles et que je m'excuse d'avoir laissé quelqu'un, un homme en plus, monopoliser mon attention et se mettre en travers de notre amitié.

Les portes s'ouvrirent et je pénétrai dans l'ascenseur, faisant un signe de tête au couple déjà à l'intérieur. « Vous allez au bar ? me demanda la blonde alors que les portes se refermaient. Ils font de super cocktails. »

Je la regardai et me sentis comme une cousine mal fagotée. Peut-être aurais-je dû porter une robe, moi aussi ce soir ? Elle portait une tenue très dénudée et son compagnon semblait se délecter de la vue. Franchement ! Où se croyaient-ils ? Sous les tropiques ? Elle gèlerait sur place, si elle mettait le nez dehors ! Réalisant qu'ils attendaient toujours ma réponse, je hochai la tête. « Oui, je vais y faire un tour. Ça a l'air chouette. »

Heureusement, le trajet ne s'éternisa pas et je m'échappai rapidement, me dirigeant droit vers le bar, désespérée de me faire servir un verre. M'asseyant sur le dernier tabouret libre devant le comptoir, je posai ma pochette sur la grande surface en chêne.

« Qu'est-ce que je vous sers ? me demanda directement le barman en posant une serviette blanche en face de moi. Le cocktail de la semaine s'appelle le Filtre d'amour. »

Je le regardais.

« Est-ce qu'il est rose ?

— Il n'en a pas le goût si ça peut vous rassurer. C'est un cocktail à base de champagne, vanille, fraise, avec une goutte de jus de cranberry et d'ananas. Vous allez adorer.

— Allez. Servez m'en un verre, répondis-je, sans vraiment savoir ce que je commandais, mais ne voulant pas décevoir le barman qui semblait passionné. Il devait probablement recevoir une commission pour chaque cocktail spécial qu'il réussissait à servir. D'habitude, je me contentais d'un verre de chardonnay, mais étant donné que la station de radio payait tout pendant mon séjour, je n'allais pas me priver d'essayer quelque chose d'autre. C'était un très bon moyen de tourner la page.

Le barman hocha la tête et me gratifia d'un grand sourire. Alors qu'il préparait mon filtre d'amour, je regardai les environs. Un petit groupe de six personnes était regroupé au centre de la salle. Tous plus glamours les uns que les autres, en costumes et robes de soirée. Des couples d'amoureux se serraient dans les coins et des éclats de rire fusaient périodiquement de différents endroits de la pièce.

Étant plutôt introvertie de nature, je n'oserais jamais aller vers ce groupe, me présenter et commencer une conversation. Ce n'était clairement pas au programme, même s'ils avaient l'air plutôt sympathiques. Je ne saurais même pas quoi leur dire et doutais d'avoir quelque chose en commun avec tous ces gens faisant manifestement partie de l'élite. C'était plus simple de rester toute seule.

Un visage connu retint mon attention et je reconnus mon nouveau colocataire encombrant. Il me fit un signe de tête, les yeux pétillants et la bouche s'élargissant en un sourire en coin. Pourquoi était-il si craquant ? Pire, il était manifestement conscient de son charme et ne se gênait pas pour en jouer.

Je respirai un bon coup et hésitai à le rejoindre. Pour lui dire bonjour. Et recommencer du bon pied. Je ne connaissais toujours pas son nom et ne me le rappelais plus l'avoir entendu à la radio. Je réfléchis – que pourrait-il arriver de pire ? Que l'on se déteste encore plus ? Je commençais à descendre de mon tabouret quand il tourna la tête vers la personne assise à côté de lui. Il s'approcha tout près d'elle. Il m'avait déjà oubliée.

Il n'était pas seul. Évidemment, il n'était pas du genre à avoir de problèmes pour se faire de nouveaux amis, lui. Mais je supposais que quelqu'un dans son genre ne devait jamais rester seul bien longtemps. Au moins ce n'était pas la réceptionniste…

Une femme mince aux lèvres rouge rubis et aux cheveux brillants comme ceux des magazines se mit à rire à quelque chose qu'il lui glissa à l'oreille. Je fronçai les sourcils. Il était probablement en train de lui raconter sa mésaventure et le fait qu'il soit obligé de partager sa chambre avec une femme acariâtre et peu coopérative. La blonde laissait sa main posée sur son bras alors qu'ils buvaient un verre tous les deux et je ressentis une soudaine bouffée de jalousie. Pourquoi ? Je n'en avais pas la moindre idée. Je ne le connaissais pas. Je n'avais aucun droit sur lui… et ne voulais certainement pas son corps sur le mien… ses lèvres sur les miennes… sa langue parcourant… *oh mon Dieu*.

« Voici pour vous. Le barman m'interrompit dans mes réflexions. Faites-moi savoir si ça vous plait. Sinon, je peux vous préparer n'importe quoi d'autre. »

Rougissant violemment, je baissai les yeux vers le breuvage rose pâle pétillant qu'il avait placé devant moi. Le verre et son contenu scintillaient dans la lumière tamisée. « Merci, ça n'a pas l'air si mauvais après tout.

— À votre service, » répondit-il en se dirigeant pour aller servir un autre client.

Je levai le verre par le pied et le détaillai. Puis regardai mon étranger, toujours trop proche de sa blonde — incroyable, elle était presque sur ses genoux maintenant. Elle allait bientôt se mettre à le chevaucher, là sur le bar, si ça continuait comme ça. Bah. Il profitait de sa soirée, pourquoi pas moi ? Je reportai mon regard sur mon verre et remarquai que le bord était glacé de sucre. Un bon point supplémentaire. J'adorais les sucreries, bien plus que je n'aurais pas dû.

Buvant une longue gorgée, je faillis tout recracher en sentant un liquide me brûler fortement l'œsophage en descendant vers mon estomac, me causant une violente quinte de toux.

Oh mon Dieu, c'était horrible. Dégueulasse, même. Le pire cocktail je n'aie jamais bu ! J'aurais voulu arracher cet atroce goût d'anis de ma langue. Reposant brutalement le verre sur le comptoir, je luttai pour reprendre ma respiration, plusieurs parmi les clients du bar, incluant mon nouveau colocataire regardèrent dans ma direction.

« Qu'est-ce que vous avez mis là-dedans ? » crachais-je.

Le barman semblait tétanisé, puis sa bouche s'ouvrit en grand « Oh, merde. »

Il prit mon verre et le renifla un grand coup.

« Je suis vraiment désolé… je crois que j'ai confondu l'Absolut vodka avec le Sambuca. Merde ! Laissez-moi vous en préparer un autre. Comme il faut. Et ne dites rien à mon parton, je vous en supplie. »

Me forçant à sourire, je dissipai ses inquiétudes, repris ma pochette et m'éclipsai le plus rapidement possible du bar, mon visage, brûlant de honte et ma toux me valant des regards apitoyés ou dégoûtés, alors que je regagnais ma chambre.

# CHAPITRE QUATRE

## NICK

Je refermai la porte, centimètre par centimètre, soulagé que le claquement ne se fisse presque pas entendre. Il était minuit passé et bien que la soirée soit encore loin d'être finie dans le chalet, je savais que j'avais une colocataire à ménager. Je pouvais être un vrai gentleman, si je voulais, n'est-ce pas.

Je me retournai et regardai la porte de la chambre, déjà hermétiquement fermée. Heureusement que la salle de bains disposait de deux entrées séparées au lieu d'une seule qui aurait été située dans la chambre. Le ciel m'avait épargné la corvée de pisser du balcon pendant les cinq prochaines nuits.

Je me demandai ce qu'elle pouvait bien faire maintenant, sa sortie très remarquée du bar quelques heures auparavant, m'avait légèrement fait culpabiliser de ne pas la suivre. Ne serait-ce que pour m'assurer qu'elle allait bien. Ç'aurait été la chose gentille à faire. Pour repartir sur de bonnes bases, après notre rencontre un peu mouvementée. Mais pour je ne sais quelle raison, j'avais senti que je n'aurais fait qu'empirer les choses si je partais à sa rencontre.

Quand elle était descendue au bar, je l'avais tout de suite

remarquée. Elle n'avait pas besoin d'une robe de soirée près du corps pour faire son effet, elle en faisait sans effort. Et j'étais d'ailleurs loin d'être le seul à lui jeter des regards, les yeux des autres hommes s'attardaient eux aussi sur son corps charmant, innocent et si désirable, alors qu'elle traversait la pièce.

Ses longs cheveux bruns aux pointes couleur miel dansaient sur ses épaules au moindre de ses mouvements et bien qu'elle fût vêtue de manière décontractée, sa tenue mettait tout de même en valeur son corps voluptueux. Un corps que je n'avais aucun mal à imaginer dans ma tête, encore et encore. Nu… et offert. Elle était encore plus belle que ce que j'avais pensai et je restais pétrifié pendant un moment. Et dur comme du bois.

Puis, vint la quinte de toux et la jolie gazelle que je m'étais dégottée pour passer la soirée commença à ricaner quand ma pauvre colocataire s'étouffait avec son cocktail. Ça me déplut instantanément et je m'éloignai poliment de cette fille qui aurait volontiers partagé mon lit jusqu'à l'aube. Pas besoin de préciser que je n'acceptai pas non plus son invitation de passer la nuit avec elle dans sa chambre. Je ne supportais pas les gens qui se moquaient du malheur d'autrui. C'était désagréable et de mauvais goût. Mmm, peut-être étais-je encore plus un gentleman que ce que je pensais.

M'approchant de la porte de la chambre je me préparai à frapper au battant pour lui souhaiter bonne nuit. Mais je me retins, avant que mon poing ne touche la barrière entre nous. Elle était probablement déjà endormie et avait dû barricader sa porte avec tous les meubles disponibles. J'aurais en tout cas très bien pu comprendre qu'elle le fasse.

A priori, elle n'apprécierait pas trop que je la réveille. J'avais déjà eu un aperçu de son tempérament volcanique plus tôt dans l'après-midi.

« Merde. » Je me dirigeai donc vers le canapé, confus devant mon soudain changement d'humeur. Il y avait quelque chose chez cette femme dont je ne connaissais toujours pas le nom, qui m'énervais et m'intriguais à la fois. Je tâtonnais dans le noir, seulement guidé par la lumière de la cheminée et essayais de déplier le canapé. Heureusement qu'il était convertible d'ailleurs, ou j'aurais été bon pour dormir par terre.

Après avoir enfin réussi à déplier ce satané lit, je me déshabillai, jetai mes vêtements sur la chaise et restai en boxer. Je me servis de l'évier du bar pour me brosser les dents au lieu du lavabo de la salle de bains. Je ne savais même pas pourquoi je prenais autant de précautions pour ne pas la réveiller.

Nous ne nous connaissions même pas.

À tâtons, je repartis vers le canapé lit et pris la couverture que j'y avais posée plus tôt pour en couvrir le petit lit. Je me demandais si c'était elle qui l'avait mise là, dans une tentative de faire la paix, peut-être. La chambre était suffisamment chaude pour que je n'en ai pas besoin tout de suite, mais je savais que demain matin, j'allais me geler les noix si je ne prévoyais pas quelque chose pour me couvrir et je ne savais pas non plus si la cheminée s'éteignait automatiquement au bout d'un moment, j'appréciais donc son geste. Avec un soupir, je me laissai tomber sur mon lit de fortune.

Un grincement se produisit suivi d'un craquement sonore. Les lattes craquèrent comme du petit bois et je me retrouvais le cul par terre, le centre du lit s'effondrant littéralement sous mon poids. « Bordel, jurai-je en essayant tant bien que mal de m'extraire du trou, mes fesses coincées dedans et mes bras et mes jambes battant lamentablement en dehors.

La porte de la chambre s'ouvrit à toute volée et elle sortit, armée d'une bottine. « Qu'est-ce qui se passe ? J'essaie de dormir !

— Je suis coincé, » grognai-je en poussant sur le matelas pour essayer de déloger mon postérieur du trou. Cette saleté s'est écroulée.

À ma grande surprise elle gloussa. Alors comme ça, elle trouvait ça drôle ? Au moins elle possédait un sens de l'humour.

Je lui jetai un œil attentif. « C'est pour quoi cette bottine ? Pour me piétiner à mort ?

— Je croyais, oh mon dieu. » Elle se mit à rire plus fort, cachant son sourire de la main. Je croyais que quelqu'un s'était introduit dans la chambre. J'avais oublié que vous—

— Ce n'est que moi, répondis-je. Je suppose que vous n'allez pas m'aider à me sortir le cul de là ?

— En fait, vous voir vous débattre dans ce lit est probablement la meilleure chose que j'ai vue de la soirée. »

Je ris. « Vous ne devez pas beaucoup sortir alors.

— Je ferais peut-être mieux de vous laisser là, comme une tortue retournée.

— Vous n'oseriez pas... allez, ne soyez pas si cruelle ? Si ? »

Enfin, elle s'avança vers moi, un sourire coquin sur les lèvres et me tendit la main. Je l'attrapai et me servis d'elle comme contre poids pour me sortir du trou. Nous nous retrouvâmes, face à face, nos deux corps se touchant presque. « On aurait pu penser qu'un endroit comme celui-là aurait été équipé de meilleurs canapés lits, dis-je doucement en admirant la vue qui s'offrait en face de moi. Elle dégagea sa main de la mienne et se détourna en s'approchant du canapé en piteux état.

— Je pense que personne ne doit les utiliser, ils sont sûrement là pour la décoration, ajouta-t-elle en inspectant la catastrophe. Qu'est-ce que tu lui as fait d'ailleurs ? Tu t'en es servi comme d'un trampoline ? »

Elle marquait un point, le canapé était défoncé et devrait être remplacé.

« On aurait pu croire, mais non. Qu'est-ce qu'on va bien pouvoir faire maintenant ? demandai-je en soupirant et en me passant la main dans les cheveux tout en tournant la tête vers elle. Elle se mordit la lèvre et détourna le regard, son profil toujours visible, éclairé par la lueur douce du feu de cheminée.

« Je-je crois bien qu'il va falloir qu'on partage. »

Je la regardai, surpris. « Quoi ? »

Elle soupira et me rendit mon regard. « Je veux dire que vous n'allez pas dormir par terre et que le lit est suffisamment grand pour qu'on puisse dormir tranquillement sans, et bien, sans se toucher quoi. On peut partager si vous voulez.

— Je..., merci, répondis-je sans trop savoir quoi ajouter. Merci, j'apprécie beaucoup. Mais je ne veux pas vous mettre mal à l'aise. Je vais téléphoner à la réception et voir s'ils ne peuvent pas me dépanner d'un lit enfant ou un truc du genre. »

Elle fit un geste de la main avec un petit rire. « Il est tard... nous pourrons nous en occuper demain matin. Je veux dire, on est entre adultes, non ? »

Oui. Tout à fait. Je lui tendis la main. « Nick Lowry. »

Elle me la serra, la chaleur de sa paume se repandant dans tout mon corps. « Angel Rose. »

Je lui lâchai la main et m'éclaircit la gorge. « Nous nous rencontrons enfin Angel, merci. Je sais que ce n'est pas du tout ce à quoi nous nous attendions quand nous avons gagné ce concours.

— C'est l'histoire de ma vie, répondit-elle en soupirant,

détournant encore une fois le regard. Mais pourriez-vous, heu, mettre un t-shirt pour dormir ? »

C'est là que je réalisai que je n'étais qu'en boxer. Elle par contre était emmitouflée des pieds à la tête dans un pyjama de flanelle, mais ce n'est pas ça qui empêchait une certaine partie de mon corps de commencer à se raidir. Je hochai la tête.

« Ah, merde, moi qui avais prévu de dormir à poil.

— Hors de question ! cria-t-elle, ses joues devenant rouge vif et faisant concurrence au feu de cheminée.

— Ok, c'est bon, *vous* pouvez garder votre culotte aussi. Je vais me couvrir. » Je détestais dormir habillé, mais elle m'offrais de partager son lit. Pour y dormir, j'aurais mis mon équipement de ski s'il avait fallu.

Elle fit demi-tour et disparut dans la chambre, je ne perdis pas une seconde à enfiler un t-shirt, espérant de tout mon cœur qu'elle n'allait pas changer d'avis à la dernière minute.

Angel était déjà dans le lit, la couverture remontée jusqu'au menton quand j'entrai dans la chambre. Je faillis me mettre à rire quand j'aperçus la montagne infranchissable de coussins qu'elle avait empilé au milieu du lit pour délimiter son territoire. Elle ne mentait pas quand elle m'avait offert la moitié du lit.

Je ne voulus pas risquer de l'énerver donc je me dirigeai vers le côté qu'elle m'avait attribué et me glissai entre les draps crissant sans toucher sa muraille de coussins. Le lit était incroyablement confortable et je laissai échapper un soupir de plaisir en étirant mes bras au-dessus de ma tête. C'était incroyablement plus agréable que ne l'aurait été ce satané canapé lit.

« Ah, que c'est confortable. »

Angel murmura son assentiment, puis toussa comme si

elle cherchait le courage d'ajouter quelque chose de plus. Un moment plus tard elle dit : « Je peux vous poser une question ? »

Sa voix était douce dans les ténèbres de la chambre et ma curiosité fut instantanément piquée « Bien sûr. Si c'est pour me demander si je ronfle et bien non. Je ne ronfle pas.

— Tant mieux, mais ce n'est pas ce que j'allais demander. Auriez-vous, enfin je veux dire, si je vous aviez demandé de partir, l'auriez-vous fait ? »

Je gloussais. « Bien sûr que non. C'est ma chambre autant que la vôtre. Et en plus je ne crois pas que vous vouliez vraiment voulu que je parte. »

Je sentis le matelas bouger quand elle se tourna.

« Je— pourquoi vous dites ça ? demanda-t-elle dans un souffle. Elle était troublée. Je pariais que l'entre-jambe de son pyjama en flanelle était déjà trempé.

— Vous ne m'auriez pas invité dans votre lit... vous me voulez dans votre lit Angel. J'en suis convaincu.

— Vous êtes bien sûr de vous, hein ?

— Vous êtes juste dégoûtée que j'ai visé juste, non ? »

Elle soupira rageusement en se tournant et je sus que ça signifiait la fin de notre conversation pour la nuit.

Je plaçai les mains derrière ma tête et m'installai confortablement. Angel. Son nom ne s'accordait pas vraiment à sa personnalité. C'est probablement ce qu'un amateur vous aurait dit. Peut-être qu'en apparence elle avait l'air d'une ingénue aux yeux de biche, mais à l'intérieur de cette coquille timide, se cachait une petite bombe qui ne demandait qu'à se faire exploser. Et je me fis la promesse d'assister à ce feu d'artifice avant la fin de ces cinq nuits. Je la ferais me supplier de chevaucher le diable que je pouvais être... ici même, dans ce lit.

CHAPITRE CINQ

ANGEL

Deuxième jour

*J*'avais délicieusement chaud.
Oh et je me sentais bien. Très confortable, sa chaleur irradiait à travers mon pyjama, à travers ma peau et me réchauffait de l'intérieur. Je me délectais de la sensation de son bras autour de ma taille, la façon qu'il avait de me tenir serrée contre son torse dur, des battements tranquilles de son cœur qui faisaient écho aux miens.

Je ne voulais plus jamais bouger.

Puis, la protubérance lovée contre mes fesses commença à grossir. Tim n'avait jamais ce genre de réactions. Pas dès le matin. Jamais en fait. Pas si énorme. *Non, attends*. Tim ne me serrait jamais comme ça dans ses bras. Il était du genre : « Ne me colle pas, j'essaie de dormir. »

Mes yeux s'ouvrirent en grand et je me retrouvai face à un mur inconnu, dans des draps bien plus luxueux que ceux qui décoraient habituellement mon petit lit. Mon souffle se coinça dans ma gorge alors que mon cerveau reconnectait avec les événements de la veille. Et je me rappelai qui partageait mon lit.

Oh mon dieu. C'était très loin d'être Tim. C'était l'autre connard prétentieux avec lequel j'avais été obligée de partager ma chambre et qui était dans mon lit ! Et où étaient passés ces putains d'oreiller que j'avais mis au milieu du lit ?

« Mmm, Nick murmura à mon oreille. Ah, tu me tues à te trémousser comme ça, arrête tout de suite où tu vas devoir en assumer les conséquences. »

Je n'étais pas sûre s'il était encore endormi ou parfaitement réveillé, à penser que j'étais quelqu'un d'autre. Que n'aurais-je pas donné pour être moi-même encore en train de dormir.

Pourtant, je devais reconnaître que c'était bien agréable de sentir un corps collé ainsi contre moi. Le missile à tête chercheuse de Nick cherchant à s'introduire au plus profond de moi. Je sentis une pulsation entre mes cuisses. J'en voulais plus. J'avais besoin de plus.

Où avais-je la tête ? Je ne le connaissais même pas et la dernière chose dont j'avais besoin c'était d'une aventure compliquée dans ce qui devait être un voyage en solitaire, où j'aurais pris du temps pour moi, pour me retrouver ! Un homme n'était pas au programme. Spa, chocolats chauds et journées tranquilles. Voilà ce que j'avais prévu. Ne t'écarte pas du plan, Angel !

Mais un petit écart ne serait pas si grave, si ? Il avait l'air plus que partant et moi, j'avais certains endroits de mon anatomie qui me démangeaient sacrément.

Je n'avais jamais eu ce genre d'aventures…

Je pensais à lui mettre un grand coup de pied, mais j'eus

peur de me faire mal sur les muscles durs de son mollet. À la place, j'essayai d'enlever son bras de ma taille. Je m'arrêtai une seconde, les yeux grands ouverts, palpant les muscles épais de son avant-bras. Il devait faire de la muscu, obligé !

Il marmonna encore quelque chose, tout près de mon oreille, son souffle chaud faisant faire comme un tour de montagne russe à mon estomac. De qui me moquais-je ? Une équipe entière de gymnaste était en train de faire des roues, des sauts périlleux et tout un spectacle aérien dans mon ventre.

Depuis combien de temps Tim ne m'avait pas tenu de la sorte ? L'avait-il déjà fait au moins ?

Je serrai les dents. Nick n'était pas Tim. Et je n'allais pas me remettre à penser à lui. J'étais venue ici pour l'oublier, pas pour y penser toutes les cinq minutes. Et donc, quel meilleur moyen de l'oublier que de profiter d'une aventure sans lendemain ? Après tout, il était déjà dans mon lit…

*Allez ma fille, un peu de tenue !* Je n'allais pas commencer quelque chose avec ce gars, même si mon corps était absolument ravi d'être ainsi collé contre lui. Non, Angel, ne fais pas ça !

Et pourtant, je m'attardais. J'avais envie de bouger, de me frotter à lui. De l'encourager à *me faire assumer les conséquences de mes actes*, comme il disait. J'avais envie de cet étranger, de ce Nick, j'avais envie de le sortir de son sommeil et qu'il mette ses mains sur moi, qu'il les descende sous l'élastique de mon pyjama et glisse ses doigts en moi…

« Bonjour ma belle, murmura-t-il. Tu vois, je te l'avais dit. »

Même si j'étais dos à lui, je pus sentir son sourire et ça me mit hors de moi. Parfait pour casser l'ambiance !

« Dégage de là, » lui criai-je et repoussant violemment son

bras. Il se poussa quand je m'assis et je faillis lui mettre une énorme claque dans la figure en essayant de m'éloigner de lui.

« Qu'est ce qui se passe ? » croassa-t-il alors que je sautai hors du lit, pour me coller, dos au mur. Oh mon Dieu, qu'il était beau ce matin, ses cheveux coupés court, en bataille, ses yeux encore ensommeillés, de la couleur du chocolat chaud. Pourquoi avais-je tellement envie de me rallonger dans ce lit ?

« Tu étais, je veux dire, nous étions. »

Il se frotta le visage de la main, visiblement pour essayer de se réveiller. « Écoute, j'étais en train de dormir.

— Menteur.

— Ok, peut-être pas les dernières secondes… mais allez, tu étais presque à me supplier de te prendre avec tes petits mouvements de fesses, là. Tu meurs d'envie d'être ma Valentine, avoue. »

C'était vrai, mais ce n'était pas une raison qu'il le sache ! Je le regardai de travers et serrai mes bras autour de ma taille. Tentant désespérément d'arrêter la sensation de tourbillonnement que je ressentais dans mon ventre au souvenir de son corps collé contre le mien. Au lieu d'ajouter quoi que ce soit, je serrai les lèvres et filai dans la salle de bains, fermant hermétiquement la porte derrière moi.

Pressant mon front contre la porte, je grognai doucement. Je me comportais comme un lapin apeuré. J'avais eu pitié de lui hier soir et lui avait gentiment proposé de partager mon lit. Après tout, ce n'était pas sa faute si nous étions coincés dans cette situation. Mais ça ne voulait pas forcément dire que j'allais coucher avec lui.

« Argh, s'il était moche au moins. » Murmurai-je en me décalant de la porte. Ça serait beaucoup plus simple de l'ignorer.

Trente minutes plus tard, je sortis de la salle de bain timidement, me sentant un peu mieux. Je n'avais pas à lui faire de reproches pour ce qui c'était passé ce matin. Il avait raison, pourtant il n'y avait rien entre nous, rien du tout.

Nick se tenait dans la pièce principale que je décidai de franchir d'un pas nonchalant, ma confiance et ma détermination revenant à chaque pas. Je vis qu'il avait mis sa tenue de ski, ses bretelles soulignant le sous pull qui moulait son torse.

« Bonjour, me dit-il pour la deuxième fois de la journée, un léger sourire sur son beau visage. Je me demandais si tu allais passer la journée cachée là-dedans. Je ne mords pas tu sais. Sauf si tu me le demandes. »

Je lui jetais le plus mauvais regard que je pus et lui crachais : « Essaie un peu pour voir, Nick !

— Mmm, il semblerait que quelqu'un se soit levé du mauvais pied ce matin. Mais c'est bien, au moins on est passé au tutoiement. »

Je pris une grande respiration et comptai jusqu'à cinq, attendant qu'il ajoute encore autre chose, qu'il me dise qu'on aurait mieux fait de rester au lit. Que j'aurais été plus détendue si je m'étais laissée aller ce matin… qu'il profite de la situation. Mais non, il avait fallu que je gâche tout alors que j'avais l'homme le plus sexy du monde dans mon lit ce matin.

« Désolée, grommelais-je en regroupant mes cheveux pour m'en faire un chignon sur le sommet du crâne. Tu vas faire un tour sur les pistes ? »

Il hocha la tête, étirant ses bras au-dessus de sa tête. Son t-shirt se souleva et j'entraperçus un bout de ses abdos au passage, détournant les yeux immédiatement, avant qu'il ne voie que je le regardais. « Pas toi ? »

Je lui rendis son regard, les mots sur le bout de la langue. Je ne savais pas skier et je n'avais pas la moindre envie de passer mon week-end à tomber dans la neige froide. Non, moi, j'avais prévu de me blottir devant la grande cheminée située au milieu du chalet avec un bon polar et ne pas me lever avant un très long moment. Comme ça, je pourrais purger toutes les pensées que je nourrissais sur son compte de mon cerveau tordu.

Mais je ne voulais pas lui montrer la moindre faiblesse et à la manière qu'il avait de me regarder, j'avais l'impression qu'il attendait que je lui dise non. Qu'il me mettait au défi. Que je lui avoue que je n'étais pas à la hauteur pour l'accompagner.

« Si, je vais y aller, je m'apprêtais à enfiler ma tenue de ski d'ailleurs. »

Il jeta un œil à ma tenue, un ensemble comprenant un legging mignon et un gros pull bien chaud et gloussa. « Tu es sûre, tu n'es pas vraiment habillée pour… je veux dire, je peux t'aider et te dire comment t'équiper si tu veux— »

Je croisais mes bras devant ma poitrine. « Non, ça va je me débrouille. »

Il leva les deux mains en l'air et recula. « Ok, c'est bon, pas besoin de monter sur tes grands chevaux. Je vais descendre et voir pour nous louer le reste de l'équipement. Enfin, si tu veux toujours de la compagnie ? »

Je hochai la tête sans desserrer les bras jusqu'à ce qu'il quitte la pièce, puis je me passai une main sur le visage dès que la porte se referma derrière lui et que je me retrouvais seule.

Franchement, qu'est ce qui m'avait pris ? Je ne pouvais pas skier et encore moins avec lui. Je n'avais jamais mis les pieds sur une patinoire et encore moins sur une piste de ski et lui, il m'avait tout l'air d'être un habitué.

« C'est le meilleur moyen pour te tuer ma belle, ou pire

pour te ridiculiser, » grommelai-je en retournant chercher dans la chambre une tenue plus approprié. Enfin, ça ne devait pas être si difficile que ça, tout le monde semblait savoir en faire, alors pourquoi pas moi ?

## CHAPITRE SIX

NICK

Elle mentait. Je la regardai se mordre la lèvre pour au moins la dixième fois en quinze minutes, les mains crispées sur les rebords du télésiège grinçant qui nous emmenait au sommet des pistes. Elle n'avait vraiment pas l'air de quelqu'un enthousiasmé par une journée de descente à ski.

Non, elle avait l'air terrifiée.

Ç'avait été franchement drôle de la voir essayer les skis de location, comment elle avait été sur le point de tomber sur le cul quand le vendeur lui avait demandé de se lever. Si je n'avais pas été là pour la retenir, elle se serait sûrement étalée par terre.

Étonnamment, elle avait réussi à s'asseoir sans trop de soucis dans le télésiège, mais si j'avais été du genre à parier, j'aurais misé gros sur une descente catastrophique.

« Tu as l'habitude de faire du ski ? lui demandais-je d'un air innocent.

— Évidemment, répondit-elle, la voix tremblante. J-j'en ai fait un tas de fois.

—Moi je préfère les pistes noires, » lui dis-je sur le ton de la conversation, pour la tester. La titiller. « Et toi ? Tu préfères lesquelles ?

— Hum, moi aussi, je préfère les noires, » répondit-elle, tombant en plein dans mon piège.

Je ricanais alors que nous nous approchions de l'arrivée et me saisis de mes bâtons, prêt à descendre. « Très bien. M'est avis qu'on est partis pour bien s'amuser. »

Angel, suivit le mouvement et réussit, on ne sait comment, à descendre du télésiège sans se casser la figure et obliger les mécaniciens à tout arrêter. Mais dès que nous arrivâmes en haut des pistes, elle commença à jurer, ses skis croisés l'un sur l'autre, elle avait du mal à rester debout.

« Besoin d'aide ? lui demandais-je en restant à quelques mètres d'elle.

— C'est pas la peine, répondit-elle sombrement, se débattant dans le mauvais sens pour garder l'équilibre et faisant tout ce qu'il ne fallait pas faire pour essayer d'avancer. Ça fait longtemps que je n'ai pas skié. Donne-moi juste une minute. »

J'aurais plutôt dit qu'elle n'avait jamais mis les pieds sur des skis, mais je m'abstins de tout commentaire. Après le fiasco de ce matin, la dernière chose que je voulais c'était la remettre de mauvais poil. Car franchement, je ne pouvais pas nier qu'elle m'avait fait un sacré effet, collée contre moi à se trémousser sur ma queue au point que j'avais dû faire appel à toute ma volonté pour me maîtriser quand elle avait fui dans la salle de bains.

Nous descendîmes tranquillement, pour arriver en haut des pistes et je m'arrangeai pour rester à sa hauteur, alors qu'elle chancelait comme un petit renne nouveau-né. En face de nous, deux choix, la piste relativement facile de droite et celle plus difficile sur la gauche. Je pointais mes skis vers celle de gauche, pour voir jusqu'où elle allait continuer sa mascarade.

« N'oublie pas de te servir de tes bâtons et ne les plante pas pendant la descente où tu risques de les perdre.

— À quoi ils servent alors ? grommela-t-elle et je ne pus m'empêcher de sourire.

— À tourner, expliquais-je en lui montrant les arbres bordant la piste. Pour ne pas finir comme un bout de viande sur une broche. À moins que tu n'aimes les kebabs ? »

Elle leva les yeux et déglutit visiblement. « Je sais, merci.

— Très bien alors, » répondis-je.

Ça, elle était têtue, je devais bien le reconnaître. Angel ne semblait pas vouloir baisser les bras. Allait-elle vraiment tenter la descente ?

« Tu es prête ? C'est une longue descente… »

Elle prit une grande inspiration et souffla un nuage de condensation et, avant même que je ne puisse la stopper, elle poussa sur ses bâtons et s'élança dans la pente, vers la gauche. Prenant de plus en plus de vitesse.

Elle se mit à hurler et je m'élançai à sa poursuite, voyant la panique dans ses mouvements désordonnés. Elle allait se tuer dans cette pente ! Avant qu'elle ne s'emplâtre, je l'attrapai par l'arrière et la fit tomber sur le côté, en dehors de la piste dans la neige fraîche qui avait été poussée par les nombreux skieurs avant nous.

« Qu'est-ce que tu fais ? » cria-t-elle alors que j'atterrissait sur elle, nous recouvrant tous les deux de poudreuse.

Je la regardai dans les yeux, la colère commençant à naître en moi. « T'es complètement folle, tu ne sais même pas skier ! Tu veux te tuer ou quoi ? »

Elle serra les dents et détourna le regard. « Qui te dit que je ne sais pas skier ?

— Moi ! À quoi tu pensais, sérieusement ?

— Ok, je ne sais pas skier.

— Tu crois que je ne le savais pas ? » Je soupirais et me mit à rire alors qu'elle repoussait son bonnet. « Tu allais vraiment essayer de descendre cette pente ?

— Je l'ai fait, j'ai été jusque-là. » Angel me fixa, je lus de la frustration dans son regard, mais un sourire s'étira sur ses lèvres roses. « Je pensais que je pourrais m'en tirer. Ça n'avait pas l'air si difficile. »

Je me mis à rire de plus belle, incapable de m'arrêter. « Pas si difficile, tu es complètement folle. Ce n'est pas possible d'improviser sur des pentes comme celles-là, mais je te l'accorde que tu n'as pas peur. »

Ses lèvres se pincèrent et je fus une fois de plus, subjugué par sa beauté naturelle, le bleu intense de son regard. Malgré les nombreuses couches de vêtements qui nous recouvraient, je sentis une onde de choc se propager jusqu'à ma queue qui commença à se raidir dans mon pantalon de ski. Merde. Qu'est-ce qui faisait que je la désirais autant ?

« Bien, finit-elle par dire avec un petit rire. Maintenant tu sais que je peux bluffer.

— C'est clair, » répondis-je mélancolique, mes yeux retournant sur ses lèvres.

Je n'avais simplement qu'à me pencher, m'approcher un peu plus et elle serait mienne.

« Je ne veux pas gâcher ta journée de ski. Tu devrais continuer… je vais trouver un moyen de redescendre. »

Je secouai la tête et fis tomber la neige qui nous recouvrait, déchaussant mes skis avant de lui tendre la main.

« Je ne te laisse pas ici toute seule. Viens, je vais t'aider à te lever. »

Elle accepta ma main gantée et je l'aidais à se remettre sur ses skis, l'inclinaison de la pente la fit glisser vers moi et nous

nous écroulâmes encore une fois dans la neige. Son rire résonna dans mes oreilles alors qu'elle s'écrasait sur moi.

« Je suis tellement désolée, me dit-elle dans un souffle. Tu as raison, je suis vraiment nulle. »

Je levai les yeux vers elle, me moquant éperdument de la neige qui s'infiltrait dans mes vêtements et que le froid commence à me geler le cul. « Je n'ai jamais dit que tu étais nulle… mais je suis content que tu aies finalement admis que tu ne sais pas skier. Tu as juste besoin de quelques leçons. »

Elle sourit et je sentis ma poitrine se serrer en réponse. J'avais envie de l'embrasser si fort que je pouvais presque en sentir le goût. Je mourrais d'envie de sentir ses lèvres rouges et gelées sur les miennes, ses soupirs sous mes caresses. Qu'est-ce qui m'arrivait ?

« J'admets ma défaite. C'est bon tu as gagné. C'est même pas marrant. Ces jambes ne sont clairement pas faites pour faire du ski, elles me servent à peine à marcher, je suis si maladroite. »

Non, pensai-je, ces jambes étaient faites pour s'enrouler autour de mes hanches pendant que je plongerais en elle… pour la recouvrir de *neige* d'une autre sorte.

Ignorant la chaleur se répandant dans tout mon corps à cette pensée, je lui souris.

« Célébrons plutôt ton courage autour d'un chocolat chaud et pourquoi pas d'un dîner ? Et demain je pourrais te montrer quelques techniques. T'apprendre les bases.

— Mais—

— Il n'y a pas de mais. Je vais faire de toi une skieuse accomplie avant la fin du séjour. »

Nous étions coincés tous les deux pour encore trois jours et je comptais bien en profiter à fond. Surtout de cette connexion qui semblait s'établir entre nous.

Ses yeux s'écarquillèrent et elle chercha à se relever en

toute hâte, son genou manquant de peu mon membre au garde à vous. « Je, euh… »

Je me relevai, l'aidai à déchausser ses skis et les récupérai.

« Ça va être sympa, tu vas voir. Sauf si tu as prévu autre chose ? Ne me dit pas que tu as un autre homme, caché dans la suite qui veut te donner un chocolat chaud et dîner avec toi ? »

Elle détourna le regard et je pus voir qu'elle hésitait sur la réponse à me donner. Ce qui ne m'intrigua que d'avantage.

« O-ok, mais juste un dîner.

— Juste un dîner, » assurai-je en réfléchissant déjà aux moyens que je pourrais mettre en œuvre pour la mettre dans mon lit, enfin dans notre lit. Merde, je l'aurais bien prise là tout de suite si elle m'avait laissé faire, mais le regard qu'elle me jeta me fis reconsidérer la chose, elle me pousserait sûrement sans hésiter dans la pente si je devenais trop entreprenant. De toute façon, j'allais me la faire. Je n'étais plus dirigé que par le désir physique intense que j'éprouvais pour elle. Le capitaine était en charge, il avait les commandes et moi, je n'avais plus de prise sur rien. Mais nous avions tous les deux un but commun, nous enfoncer au plus profond en elle.

Je n'allais pas m'arrêter avant qu'elle ne soit ma parfaite petite Valentine.

CHAPITRE SEPT

ANGEL

Mais à quoi je pensais ?
Je fis bouffer mes cheveux dans le miroir, songeant sérieusement à dire à Nick que je ne pourrais finalement pas sortir. Il rirait probablement et me dirait que ce n'était qu'un dîner, que les humains devaient manger, mais bien évidemment ce n'était pas le fait de manger qui me posait problème. Il avait flirté avec moi tout le reste de la journée après que nous soyons redescendus au bas des pistes, il m'avait aidé avec mes skis, m'avait commandé un chocolat chaud et tout ça, sans compter ce qui s'était passé dans le lit ce matin… et ce qu'en disait mon esprit, toujours partant pour imaginer ce genre de choses. Ce n'est rien qu'un dîner, voulait rarement *juste* dire manger ensemble. Il y avait toujours une arrière-pensée.

Des images de Tim rompant avec moi dans le même restaurant que celui dans lequel il m'avait invité pour notre premier rendez-vous, filaient dans ma tête à toute vitesse, comme une voiture en excès de vitesse tentant d'échapper à la police.

Mais Nick n'était pas Tim, me dis-je. Je ne le connaissais

même pas. D'accord nous avions passé une nuit ensemble en tout bien tout honneur, mais c'était tout. Je ne savais ni d'où il venait, ni ce qu'il faisait dans la vie. Tout ce que je savais c'est qu'il s'était léché les lèvres quand il m'avait invitée à dîner et qu'il aimait dormir nu. Et si je devais en croire la réponse de mon corps, l'accélération de mon cœur et les pulsations que je ressentais dans certaines régions de mon anatomie, il ne m'invitait pas juste à manger en sa compagnie.

Il y aurait un dessert, *un café*, nous retournerions à la chambre et… oh mon Dieu, étais-je prête à me laisser porter par les événements sans savoir jusqu'où ça allait m'entraîner ?

Étant donné la chaleur entre nous que j'avais ressentie plus tôt, je pouvais tout de même en deviner la direction. Pourrais-je me l'autoriser, moi qui refusais toujours les histoires d'un soir ? Mais si ça se passait mal ? Que se passerait-il le lendemain ?

Une partie de moi hurlait : mais si ce n'était pas une totale catastrophe ? Et si cette nuit était exactement ce dont tu avais besoin ? Un festival de feux d'artifices et d'explosions qui durent encore et encore, sur plusieurs jours, hein ?

Ma semaine coquine de Saint Valentin. J'en frissonnais de plaisir. *Non, je ne pouvais pas faire ça.*

« Tu es une adulte Angel, tu peux faire ce que tu veux. » Murmurai-je en vérifiant mon reflet une dernière fois. Les adultes étaient libres de s'offrir du sexe sans lendemain quand ils voulaient, mais ce n'était pas parce que je sortais d'une rupture que je devais me jeter sur le premier venu.

Et sinon, était-ce si grave ?

Dans tous les cas, je n'avais pas à décider tout de suite… je pourrais toujours voir sur le moment.

Après tout, ce dîner serait peut-être simplement une

succession de bonne nourriture et trop me prendre la tête ne mènerait à rien de bon.

Secouant la tête, je sortis de la salle de bains, entrai dans la chambre et me préparai à retrouver Nick.

Nerveusement, j'avais choisi quelque chose de plus approprié à porter pour une soirée dans un restaurant chic, une robe noire unie qui m'arrivait à peine aux genoux et une paire de talons aiguilles rouges assortis à mon rouge à lèvre flamboyant. Pourquoi avais-je emporté ces deux choses dans ma valise dépassait ma compréhension, mais au final, j'étais heureuse de l'avoir fait, c'était parfait pour mon rendez-vous de ce soir.

Je me repris. Ce n'était pas un rendez-vous. Nous étions seulement deux adultes qui se retrouvaient dans une situation inconfortable et qui se comportaient poliment en partageant un repas. Pour passer le temps.

Nick était dos à moi quand j'entrai dans le salon et je pus l'admirer à loisir. Il était habillé d'un pantalon noir décontracté et d'une chemise bleue. Argh ! Comment avais-je fait pour retenir l'attention d'un mec pareil ? Il était clairement beaucoup trop bien pour moi. J'en soupirai presque de désir. Mais je m'en moquais, ce soir, je pourrais faire comme si c'était vraiment mon cavalier… mon Valentin.

Après tout, nous ne nous reverrions jamais après ce court séjour, donc je pouvais bien me permettre de faire tout ce que je voulais.

Le démon en moi commençait à se réveiller et il avait le feu aux fesses.

Cette pensée était terrifiante et en même temps tellement libératrice.

« Hey ! » dit-il en se tournant vers moi. Sa bouche s'élargissant alors qu'il essayais de trouver ses mots. « Waouh. Tu es… waouh ! »

— Merci, répondis-je en prenant une grande inspiration. Tu es prêt ?

— Oui, Madame ! » Il me gratifia d'un petit sourire, m'offrit son bras et nous sortîmes tous les deux de la suite pour nous diriger vers le bar du rez-de-chaussée. « Tu veux prendre un verre avant ? »

Tout pour calmer la nervosité qui envahissait mon corps entier. J'acquiesçai. « Oui, avec plaisir, par contre, pas de cocktails pour moi.

— Qu'est-ce que tu as contre les cock… ah, oui. Ok, je comprends. Désolé, j'avais oublié. Bières et shots alors. » Il se mit à rire et posa sa main sur mes reins pour me guider dans la bonne direction.

Je me mordis la lèvre en sentant la chaleur de sa main se diffuser à travers le tissu de ma robe, mettant instantanément tout mon corps en état d'alerte. J'étais comme un chien de garde, les oreilles dressées et prête à me jeter sur le moindre intrus. Oh, mais j'avais plutôt envie de me jeter sur lui. Que ressentirais-je sous ses caresses ? Ce serait fantastique, j'imagine. Qu'est ce qui me prenait de penser comme ça ?

Il nous conduisit vers le bar et commanda deux bières, les yeux posés sur moi. « Alors Angel, j'ai bien l'impression que nous avons sauté quelques étapes. Tu m'as déjà mis dans ton lit, mais je n'ai aucune idée de qui tu es ou de ce que tu fais dans la vie. »

Je posai ma pochette sur le comptoir. « Je pourrais dire la même chose de toi Nicholas, ou est-ce seulement Nick ? Bien que le mystère reste intéressant.

— Ah tu trouves ? Il n'y a que ma mère qui m'appelle Nicholas. »

Je hochai la tête et levai timidement les yeux vers lui. « Tu pourrais être n'importe qui… je veux dire, tu pourrais prétendre être un astronaute, un espion ou un garde du corps.

— Les gardes du corps c'est ton truc, alors ? Tu trouves que j'ai un petit air de Kevin Costner ? me taquina-t-il.

— Je n'ai pas dit ça ! dis-je un peu trop fort en rougissant. Je voulais dire… non, laisse tomber.

— Non, j'ai compris, dit-il alors que je sentais son regard parcourir mon corps. Toi, avec ces talons, tu pourrais être une femme d'affaires sans pitié, du genre de celles qui achètent des entreprises au bord de la faillite pour les découper en petits morceaux et les revendre au plus offrant. Ou alors, une grande avocate, avec une file de client coupables se bousculant pour que tu les représentes. »

Je reniflai. « J'ai changé d'avis, avec des idées comme ça, ta place est dans le caniveau.

— Peut-être, mais tu souris. Je n'ai pas dû dire quelque chose de si terrible que ça…

— Et bien voilà monsieur, au final tu n'as pas tapé bien loin, je ne suis qu'une petite assistante qui travaille dans un cabinet d'avocats. Et toi ? est-ce que j'ai visé juste ?

— En quelque sorte, mais je ne peux rien dire… c'est top secret.

— Quoi ? » demandai-je en baissant la voix.

Il se pencha vers moi. « Je dois quitter la Terre dans quelques jours, donc il n'est que logique que je profite de mes dernières heures ici, avec toi.

— T'es un astronaute, » hoquetai-je. Il se mit à rire, les yeux plissés de malice. Je secouai la tête et le fixai d'un air furieux. « C'est pas possible !

— Tu es un peu naïve aussi, répondit-il gentiment, sans trace de moquerie dans le ton de sa voix.

— J'ai tendance à trop faire confiance, plutôt. »

Il haussa les épaules. « Peut-être, mais tu n'as rien à craindre de moi, Angel, je te le promets.

— Je m'en rappellerais. Donc, dites-moi, monsieur l'astronaute, que faites-vous en réalité ?

— La vérité, cette fois ?

— T'as intérêt !

— D'accord. » Il rit légèrement. « J'ai lancé ma propre société de sécurité. » Nos bières arrivèrent devant nous, servies dans de longs verres élégants, il remercia le barman.

Je levai mon verre en lui souriant. « Aux nouvelles aventures alors !

— Aux nouvelles aventures et aux vacances gratuites, répondit-il avant de cogner son verre contre le mien et de boire une gorgée. Avant, j'étais dans l'armée. »

Ça expliquait son physique et le tatouage que j'avais entraperçu sur son bras quand il était sorti de la douche plus tôt. « Ça veut dire que ça n'attirait pas suffisamment les filles ? Les barbies ne se jettent plus sur les G.I Joe de nos jours ? »

Il se mit à rire et je le sentis résonner jusqu'au bout de mes orteils. « Non, ce n'est pas ça. J'avais envie de faire quelque chose de différent. Pour moi, pour ma famille. En fait, cette entreprise, nous l'avons montée à trois, avec mes frères. C'est quelque chose qu'on avait toujours voulu faire mais qu'on pensait impossible à réaliser… notre père nous a beaucoup encouragé à nous lancer, mais nous n'avions pas sauté le pas. Quand il est décédé, ça nous a aidé à remettre les choses en perspective. Combien de temps avions nous perdu à avoir peur de nous lancer.

— Je suis désolée pour ton père. »

Nick hocha la tête et son sourire s'amincit. « Merci, ça va maintenant. »

Je bus une grande gorgée de ma bière. Heureusement, l'alcool passait beaucoup mieux ce soir que la veille et je me demandai comment réussir à le faire sourire à nouveau. « Donc, tu as une grande famille ? Une femme ? Des enfants ? Une maison avec jardin ?

— Tu serais déçue si c'était le cas ?

— Je te pose juste des questions Nicholas.

— Mouais, » dit-il sans me croire. Il hocha la tête. « Non, pas de moitié, ni de gosses. Mais un bon gros oui sur la grande famille bien soûlante. Mais je n'en changerais pour rien au monde. Ils n'étaient pas ravis que je m'absente pour la semaine, car nous venons juste de signer un nouveau contrat. Mais j'avais besoin de décompresser et je ne pouvais pas passer à côté de ces vacances gratuites, n'est-ce pas ? » Il me fit un clin d'œil.

Je ressentis une pointe de jalousie quand j'entendis avec quelle joie il parlait de sa famille. Il semblait y avoir beaucoup d'amour entre eux, même s'il se plaignait qu'ils étaient envahissants. Pendant une seconde, je rêvais que moi aussi, il me restait quelqu'un sur qui compter dans ce monde. Mes parents n'étaient plus là, morts quand j'étais encore très jeune et j'avais été élevée par une vieille tante qui, elle aussi, avait fini par décéder. Jusqu'à il y a peu, j'avais encore Tim, mais il m'avait quittée lui aussi.

« Et toi ? Tu m'as bien l'air du genre famille et maison avec jardin. »

Je secouai la tête. « Absolument pas. Ni maison, ni personne.

— C'est vrai ?

— Oui, vraiment. Pas même de chat. » Je finis par lui parler de mon histoire. Il m'écouta avec attention, c'était très différent de Tim qui m'interrompait sans arrêt ou me disait bêtement que les choses allaient s'arranger. Des platitudes qui ne faisaient que me mettre hors de moi. Mais Nick semblait sincère.

Après un moment, il leva son verre à moitié vide. « Aux nouveaux amis alors. »

Il me détailla, lentement, avec un regard doux et trinqua avec moi. Je savais qu'il ne faisait que se montrer poli, mais ses mots et son sourire me firent beaucoup de bien. Parce que de toute façon, après ce court séjour, nous ne nous reverrions probablement jamais.

« On s'habitue au bout d'un moment. »

Nick me regarda à nouveau, je détestais voir la pitié dans ses yeux. Il faisait la même tête que Tim la première fois que je lui avais parlé de ma famille, ou plutôt de son absence.

« Ne me regarde pas comme ça s'il te plait. Je n'ai pas besoin de ta pitié.

— Je suis désolée, répondit-il automatiquement. Je ne voulais pas te mettre mal à l'aise et ce n'est pas du tout ce que je pensais. Je pensais au contraire à combien tu étais incroyable. »

Je ris, reposant ma bière sur le comptoir. « Waouh, ça c'est une phrase toute faite. Un peu nulle d'ailleurs. De plus, tu ne me connais même pas Nick. »

Il sourit et je remarquai que les fossettes étaient réapparues au creux de ses joues. Oh mon Dieu, qu'il était beau.

« Je ne dis pas ça pour te draguer. Je te jure, c'est la vérité.

— Essaie encore.

— Non, vraiment. Aujourd'hui tu étais prête à te jeter du haut d'une montagne sans entraînement et maintenant j'apprends qu'en plus d'être courageuse, tu es forte aussi. Je n'ai pas besoin d'en savoir davantage. Ça me suffit. Je maintiens mon jugement. Tu es incroyable. Peut-être un peu folle, mais tout de même… remarquable. Mais ça ne veut pas dire que je ne veux pas apprendre à te connaître un peu plus. »

Je rougis, tripotant nerveusement le bracelet à mon poignet. « Eh bien, merci, j'imagine. Tu as probablement raison de dire que je suis un peu folle. Je ne réalise toujours pas ce que je m'apprêtais à faire ce matin. Mais au moins maintenant tu sais l'un de mes secrets les plus sombres et les plus honteux. »

Il leva un sourcil. « Et qu'est-ce que c'est ?

— Je ne sais pas skier. »

Nick rejeta la tête en arrière et rit, faisant se retourner quelques têtes au passage. « Ça, c'est clair. Tu aurais pu te tuer sur cette piste.

— Heureusement que tu étais là pour m'en empêcher.

— C'est sûr, » répondit-il en se penchant vers moi. Il toucha ma joue sans que je m'y sois préparée, envoyant comme une décharge d'étincelles le long de ma colonne vertébrale. « Ç'aurait été bien dommage. J'aurais perdu ma bouillotte favorite, ajouta-t-il dans un souffle près de mon oreille.

Je me reculai pour le regarder dans les yeux, sentant l'attirance qui me poussait vers lui et que je tentais désespérément de combattre. Ce n'était pas bon. C'était trop dangereux. Je n'étais pas du genre à avoir des coups d'un soir.

Mais peut-être que je pourrais essayer ? J'en avais tellement envie. Ça faisait bien longtemps que je n'avais pas couché avec un garçon et je ne voyais que deux possibilités : soit je luttais, soit je me jetais dans le vide la tête la première pour la deuxième fois de la journée.

Sans réfléchir, je me lançais en avant, sautais de la falaise et pressais mes lèvres contre les siennes.

Je sentis sa surprise et je me sentis idiote pendant une

demi-seconde. J'avais mal calculé mon coup. Merde, je n'aurais jamais dû.

Mais quand sa main s'enroula autour de ma nuque et qu'il m'attira vers lui, je sus que je ne m'étais pas trompée.

« Peut-être qu'on pourrait se passer du dîner ? » murmura-t-il dans un souffle.

CHAPITRE HUIT

NICK

Incroyable. Coiffé au poteau. Je m'apprêtais à poser mes lèvres sur les siennes, mais elle m'avait devancé de quelques secondes.

Mais un point pour moi tout de même, car Angel était en train de m'embrasser. Ça voulait dire qu'elle était partante. Et qui pourrait le lui reprocher ? J'étais une super affaire… et c'était la semaine de la Saint Valentin en plus.

Au début, mon cerveau eut du mal à intégrer qu'elle ait fait le premier pas, surtout que j'avais passé la journée entière à ne penser qu'à ça.

Mais elle l'avait fait et je pouvais maintenant avoir un avant-goût de la douceur de ses lèvres sur les miennes. Elle fit de petits mouvements, cherchant, attendant ma réponse. Une fois, puis deux, avec un petit soupir. Je l'attirai près de moi, prenant le contrôle du baiser, dévorant littéralement sa bouche de la mienne, passant mes doigts dans ses cheveux jusqu'à lui arracher un autre soupir. Oh oui, c'était ça que je voulais.

Non, j'en voulais encore plus.

Rompant le baiser, je la regardais dans les yeux. « Je te

donne une dernière chance de te barricader dans la chambre. »

Elle écarquilla les yeux et je fus heureux d'y voir la même chaleur que celle que je ressentais se propager dans mon corps tout entier. « E-et sinon ? »

Douce musique à mes oreilles. « Alors j'embrasserais chaque centimètre de ton corps ce soir. Et je te ferais gémir mon nom avant d'avoir terminé. »

Un léger rougissement colora ses joues et elle attrapa son verre de bière qu'elle vida d'un trait, comme pour se donner du courage. Qu'elle en boive un tonneau entier si ça me permettait de la posséder ce soir. Reposant son verre sur le comptoir, ses yeux retournèrent dans les miens.

« Mais tu as réservé une table.

— Nous pouvons reporter… à demain. Je préfère goûter ce que tu as à offrir. »

Elle cilla rapidement et se lécha les lèvres. Elle semblait un peu anxieuse. Une toute petite chose que je devrais tendrement réussir à faire sortir de sa coquille, trop la presser ne me mènerait à rien, même si une certaine partie de moi était déjà plus que prêt à l'action.

« Mais nous pouvons dîner d'abord si tu préfères ? Je suis affamé, » dis-je pour essayer de faire retomber la pression.

Elle hocha la tête et me gratifia d'un sourire soulagé. « Bonne idée, que je ne me sois pas faite belle pour rien.

— Tu as raison sur ce point, tu es magnifique dans cette robe, mais Angel, je te promets qu'elle finira tout de même par terre avant la fin de la soirée. »

J'entraperçus sa langue humide quand sa bouche s'ouvrit de surprise. Incapable de parler, elle pouvait seulement respirer, sa poitrine s'élevant et retombant rapidement.

Quelques minutes plus tard, nous nous retrouvions attablés dans un coin intime de la salle du restaurant principal de l'hôtel Silverwood. L'endroit semblait avoir été totalement transformé pour s'adapter aux besoins des couples. Les tables étaient minuscules, à peine de quoi poser nos verres de vin. Mais les qualités de cet arrangement contrebalançaient aisément les défauts. Nous étions si proches, qu'elle était pratiquement sur mes genoux, nos chaises en bois collées l'une contre l'autre, comme si les bûches voulaient se reformer, nos jambes se touchaient et je dus faire appel à toute ma volonté pour ne pas poser ma main sur sa cuisse et remonter tout en haut.

« Nick, tu as choisi ? »

Ma tête se redressa et vis Angel en train de me regarder d'un air étonné, puis le serveur me décocha un grand sourire, comme s'il savait exactement ce qui me traversait l'esprit à ce moment précis. Où je voulais poser ma main et la merveilleuse sensation qui en découlerait.

Je n'étais qu'à moitié surpris qu'il ne me fasse pas de grands mouvements de sourcils pour m'encourager. Puis, son regard dériva ensuite sur les cuisses d'Angel, que sa courte robe dénudait généreusement et s'y attarda un peu trop longtemps à mon goût. Je levai le menu de quelques centimètres pour la soustraire à sa vue, alors qu'elle tirait instinctivement sur le bas de sa robe pour la remettre en place.

Je claquai des doigts – c'est pas sympa, je sais – mais ça eut pour effet de faire tourner immédiatement la tête du serveur dans ma direction. *Dans les yeux, gamin*, faillis-je ajouter.

« Les dames d'abord, l'encourageai-je. » Angel tordit la bouche et passa commande auprès du jeune serveur. Un steak. Je souris et commandai la même chose, puis nous fûmes enfin seuls.

« Pourquoi tu souris comme ça ?

— Tu as très bien choisi.
— Quoi, le steak ? »

Je hochai la tête et lui murmurai tout bas. « Oui, car tu vas avoir besoin de toutes ces bonnes protéines pour encaisser ce que j'ai prévu de te faire ce soir.

— Nick ! hoqueta-t-elle en se cachant derrière sa serviette.

— Quoi ?

— Arrête de me dire des trucs comme ça !

— Pourquoi ? »

Elle bégaya et pinça les lèvres, un froncement apparaissant entre ses sourcils puis ajouta : « Parce qu'on se connaît à peine...

— Et si on prétendait le contraire ? »

Je bandais de nouveau et son froncement de sourcil réapparut, mais elle se pencha tout de même vers moi, intriguée.

« Si pour les prochains jours, on prétendait se connaître depuis des années. Que j'étais tout ce dont tu pouvais rêver ? Et que tu étais tout ce dont je rêvais ?

— Je ne comprends pas.

— Ne mens pas. Ne sois pas timide. Tu n'es pas timide Angel.

— Je..., qui voudrais-tu que je sois ? »

Je pris une longue pause avant de répondre. La faisant attendre à dessein, pour être certain d'avoir toute son attention. Nos regards se rivèrent l'un à l'autre, sans hésitation.

« Je veux que tu sois ma Valentine. »

Elle inspira brutalement, faisant tressauter sa jolie poitrine. Oh, que je voulais la voir faire ça, haleter, à bout de souffle pendant que je la prendrais dans toutes les positions.

Je lui tendis une rose, que j'avais subtilisé sur une table voisine pendant qu'elle lisait le menu. Ses yeux s'agrandirent et elle se saisit de la tige. Elle approcha son nez des pétales et respira leur parfum envoûtant.

« Quatre. Il nous reste encore quatre nuits à passer ensemble.

— Oh mon Dieu...

— Faisons en sorte qu'elles comptent. Sois mienne et je ferais en sorte que tu n'oublies jamais cette Saint Valentin. »

Elle ferma sa bouche aux lèvres rouges et respira encore une fois le parfum de la rose. Elle lui glissa des mains et tomba sur ses genoux. Elle essaya de la reprendre, mais je fus plus rapide, mes doigts s'attardant sur ses cuisses. Je ne pouvais pas m'en empêcher et elle ne me repoussa pas quand je remontais l'ourlet de sa robe un peu plus haut. Les pétales de la fleur touchèrent sa peau et elle respira d'un coup sec.

Je continuais mon exploration, plus haut, m'approchant de son entre-jambe, lentement. Elle écarta un peu plus les jambes et bougea légèrement. Je remplaçais le bouton de rose par le bout de mes doigts. Elle respirait de plus en plus fort à mesure que je remontais. Angel s'agrippa d'un coup à la table et un concert de trompettes et de cymbales résonnèrent au même moment dans ma tête. J'avais enfin atteint son sexe. Je pensais avoir à me battre contre une autre épaisseur de tissu, du coton, peut-être de la dentelle, mais à la place, je pénétrais directement dans un buisson bouclé.

« Petite coquine, murmurais-je en inclinant la tête pour l'embrasser dans le cou. »

Elle gémit, sa tête partant en arrière, je trouvais son clito avec mon pouce, glissant mes doigts dans sa moiteur accueillante. Elle était délicieusement mouillée et je mourrais d'envie de la goûter.

Angel me regarda retirer ma main et porter mes doigts à mes lèvres. Je me mis un doigt dans la bouche et grognai. Son odeur, douce et musquée me rendit fou.

« Je suis rassasié, déclarais-je. Je n'ai pas envie de goûter à autre chose... »

Elle acquiesça, les yeux grands ouverts, les jambes écartées, déjà impatiente de me retrouver. « Moi aussi, murmura-t-elle. »

C'est tout ce que j'avais besoin d'entendre.

Enroulant mon bras autour d'elle, je l'aidais à se lever de sa chaise et aussi vite que ses talons le permettaient, je nous fis sortir du restaurant, interpellant un serveur au passage pour qu'il nous livre les repas directement dans la chambre.

Nous nous précipitâmes dans les escaliers, les montant quatre à quatre sans perde du temps à attendre l'ascenseur. J'avais à peine enfoncé la carte que je poussai la porte, le la fis tourner dans mes bras en rentrant dans la pièce et la poussai contre la porte qui se refermait.

« Impatient, j'ai l'impression ? dit-elle un tremblement d'excitation ou de nervosité, dans la voix, je n'aurais pas su dire.

— Je n'ai jamais été du genre à attendre... je prends ce que je désire. Et Angel, je te veux, » lui dis-je pressant mon corps contre le sien pour qu'elle puisse sentir la force de mon désir. Quand elle était apparue devant moi tout à l'heure, vêtue de cette robe et de ces talons, j'avais failli la culbuter sans attendre.

Angel était magnifique et pour les prochains jours, elle serait toute à moi. Je nous enfermerais dans cette chambre tous les deux s'il le fallait.

Je la baiserais jusqu'à n'en plus pouvoir et casserais un autre lit.

Poussant ma main contre la porte, je l'embrassais avec force, ouvrant sa bouche de ma langue pour la goûter et passant ma main sous sa robe pour reprendre là où je m'étais arrêté.

Elle avait goût de bière et d'autre chose, quelque chose d'enivrant qui faisait se raidir de désir ma queue contre mon pantalon. Elle posa sa main sur ma poitrine et me poussa un peu, me forçant à rompre le baiser.

« Attends, dit-elle dans un souffle. J-je ne fais pas ce genre de choses normalement. »

Je souris, repoussant une mèche de cheveux qui lui barrait le visage. « Moi non plus. On peut s'arrêter si tu veux, mais ma belle je veux que tu sois mienne. » Je supporterais une autre douche froide s'il le fallait, si elle disait non. Mais je priais tout de même, à qui voulait l'entendre, pour qu'elle dise oui.

Elle se mordit la lèvre. « Non, mais on pourrait ralentir un peu ?

Ralentir, ça je pouvais faire… je pourrais durer toute la nuit, j'avais l'endurance d'un lapin Duracel.

Doucement, je retrouvai ses lèvres et l'embrassai à nouveau. « Tout ce que tu veux, » dis-je en souriant. Je me reculai un peu pour lui permettre de respirer et me dirigeai vers la cheminée. Je vais l'allumer, tu veux qu'on prenne un verre ? »

Elle ne répondit pas, mais j'entendis le bruit de ses talons sur le sol alors que j'allumais le gaz et les flammes rugirent instantanément. Si elle voulait y aller doucement, ça m'allait tout aussi bien. Je voulais qu'elle prenne du plaisir, qu'elle se laisse aller et s'il lui fallait du temps pour ça, qu'il en soit ainsi.

En me retournant, je la vis, à quelques pas de moi, l'air un peu perdu et ne se dirigeant pas du tout vers le bar. « Je bois ce que tu me sers, choisi.

— Je-je ne veux pas boire, murmura-t-elle, ses mains remontant vers les bretelles de sa robe. Je veux être ta Valentine. »

Je la regardai, le souffle coupé alors qu'elle enlevait sa robe et la faisait tomber sur le sol à ses pieds avant de l'enjamber. Pas de culotte, pas de soutien-gorge. Mon Dieu qu'elle était belle. Son corps voluptueux était tel que je me rappelais l'avoir vu lors de notre première rencontre.

Elle se baissa pour retirer ses chaussures. « Garde-les. »

Elle me regarda d'un air ravi et les garda aux pieds. Puis elle me fit signe de me déshabiller à mon tour. « À ton tour, Nick.

— À vos ordres madame, » dis-je le sourire aux lèvres avant de me débarrasser à toute vitesse de mes vêtements et de me retrouver, nu et fier devant elle. Ses joues s'empourprèrent à nouveau, mais elle ne s'enfuit pas en apercevant ma virilité dressée devant elle. Avec une lenteur délibérée, elle se rapprocha de moi de quelques pas, jusqu'à être assez près pour me toucher. Je laissais pendre mes bras le long du corps, serrant les poings pour empêcher mes mains de la toucher trop vite. Quand ses mains se posèrent sur ma poitrine, je fermai les yeux, elle les passa sur ma peau avec la légèreté d'une plume.

« Tu es tout en muscles, s'exclama-t-elle émerveillée, ses doigts glissant sur mes abdos. Tu n'as pas un gramme de graisse.

— J'ai quand même un gros cul, comme le canapé lit peut en témoigner, plaisantai-je alors que se mains exploraient mon corps, descendirent et s'arrêtèrent quelques centimètres avant de toucher ma queue.

— Laisse-moi en être le juge, murmura-t-elle ses mains continuant de m'examiner alors qu'elle me contournait sur ses talons trop sexy.

Angel se rapprocha et se colla contre moi. Ses seins pressés contre mon dos et ses mains au niveau de ma taille. Je grognai quand elles glissèrent plus bas et qu'elle enroula ses doigts autour de ma queue, longeant la veine et m'immobilisant. J'étais totalement à sa merci et étourdi de désir.

« Attention… tu t'approches d'un engin explosif, Angel. Tu pourrais facilement me faire sauter. » Je savais que je ne pourrais pas me retenir longtemps entre des mains pareilles.

« Ce serait dommage, » dit-elle d'une voix rauque, me caressant une fois, puis deux et relâchant son emprise.

J'ouvris les yeux et me retournai, écrasant sa bouche de la mienne en l'embrassant avidement. Elle laissa échapper un gémissement sourd alors que mes mains se posaient sur ses seins, titillant ses tétons jusqu'à ce qu'ils durcissent. Ma bouche descendit pour que je puisse les honorer avec ma langue.

« Nick, » hoqueta-t-elle alors que ma main descendait plus bas et s'arrêtait sur sa vulve humide. Encore plus mouillée que tout à l'heure et son clitoris, gonflé et dur. Putain. Je n'allais pas réussir à tenir. Quand elle se colla contre ma main, se frottant contre ma paume, je grognai de plaisir contre elle.

« Alors, où en étions-nous ? À oui, là, » dis-je en me positionnant et en introduisant une phalange en elle, pour l'exciter encore un peu plus. Elle pulsait, inclinant ses hanches vers moi, voulant plus. « Juste là… » J'introduisis cette fois deux doigts en elle. Elle gémit, m'offrant la mélodie parfaite alors que je jouais avec son corps pour le faire chanter des notes encore inédites.

Et avant qu'elle atteigne l'orgasme, je la dirigeai vers le canapé et la penchai en avant, une main appuyée sur ses épaules pour qu'elle ne se relève pas. Elle écarta les jambes et je me repositionnais, loin à l'intérieur de sa chatte trop longtemps négligée.

« Sois une gentille fille et jouis pour moi, lui dis-je dans un souffle en pétrissant sa poitrine et titillant ses tétons alors qu'elle voulait plus encore.

— Plus vite, » haleta-t-elle, cambrant les fesses. Je m'exécutais plongeant mes doigts en elle plus vite, m'enfonçant à chaque fois plus loin. « Oui, oh oui.

— Là ? »

Elle se tortilla en poussant un petit cri. « Oui, gémit-elle.

— Tu es si douce ma belle, jouis pour moi et je te donnerais encore plus. Je vais te baiser toute la nuit, mais pas avant que tu te laisses aller. »

Mon bras commençait à me faire mal, mais je n'allais pas m'arrêter avant qu'elle ait eu son compte. Puis, je la sentis se contracter, les parois humides de son vagin palpitant à toute vitesse.

J'appuyais ma queue contre sa cuisse pour lui donner un avant-goût de ce que je lui réservais. « J'ai tellement envie de toi Angel. Je veux te baiser toute la nuit… jouis pour moi petite coquine. »

Ses mains s'agrippèrent à mon bras qui soutenait ses seins et elle laissa échapper un gémissement de plaisir intense. Elle sanglota, le corps violemment secoué par un orgasme intense, ses fluides dégoulinant sur mes doigts. Oh que c'était bon.

La laissant retomber sur le sol, à l'arrière du nouveau canapé lit, je farfouillais dans mon pantalon à la recherche du préservatif que j'y avais rangé, et m'en équipais sans perdre de temps. Ses yeux trouvèrent les miens et je me positionnais sur son corps épuisé.

« Dis-moi que tu veux que je sois ton Valentin.

— Je te veux… gémit-elle.

— Que veux-tu d'autre Angel ? »

Elle baissa les yeux vers mon entre-jambe. « Je veux… je veux ta queue en moi. »

J'embrassai ses lèvres maquillées et je fus sur le point de

lui demander ce qu'elle voulait d'autre quand elle dit tout à coup : « Baise-moi Nick, je veux être ta Valentine.

— Oh ma belle, tu ne vas pas le regretter. »

J'écartais ses cuisses douces et découvris le paradis qui s'offrait à moi. Elle leva la main pour me caresser la joue alors que je m'introduisais en elle. Même si je m'étais déjà bien occupé de sa chatte, elle était toujours très étroite et je dus y aller lentement, m'enfonçant centimètre par centimètre alors qu'elle se cambrait contre moi.

« *Putain*, Angel, t'es pas croyable, murmurais-je, posant un baiser sur ses lèvres. Je ne crois pas que quatre nuits seront suffisantes.

— S'il te plait Nick, arrête de parler ! Baise-moi. Tout de suite ! » Angel m'agrippa par les épaules et m'enfonça en elle, son corps se contractant contre le mien. Elle était comme une plante carnivore et moi un pauvre insecte, prisonnier de sa chatte étroite.

Nous ne faisions plus qu'un. Deux corps enchevêtrés alors que je baissais ma tête vers elle pour la besogner, sentant chaque frisson qui parcourais son corps. Chaque soupir se coinçant dans sa gorge. Et même chaque contraction de son vagin qui menaçait de me faire perdre le contrôle alors que je la pilonnais.

De multiples explosions paraissaient parcourir son corps sans interruption.

Je bloquai la mâchoire et la serrai contre moi, fort, si fort que j'eus peur que ce soit trop, que je lui fasse mal. Mais elle s'agrippa aussi à moi. Ses ongles s'enfonçant dans mon dos et laissa échapper un cri, submergée par un autre orgasme, alors que je la baisais à même le sol.

Je sentis moi aussi venir l'orgasme et essayai de le retenir, mais ses cris de plaisir et la sensation de son sexe se contractant autour du mien, pulsant comme une balise, un signal, pour me guider vers la piste d'atterrissage, était totalement irrésistible. J'étais comme un pilote de bombardier essayant d'atterrir sans s'écraser et c'est alors qu'une vive douleur me vrilla l'oreille, elle m'avait mordu. Tout se mélangea, la chaleur de la luxure, le plaisir, la douleur et je déchargeai, lâchant tout avec un cri animal avant de m'effondrer sur elle, la tête entre ses seins.

Pendant un moment, je restai sans bouger, je ne pouvais plus, les battements de mon cœur se réverbérant dans mes oreilles, j'essayai de comprendre ce qui venait de se passer. C'était meilleur que ce que j'aurais cru possible. Ce serait difficile de faire mieux… et je me surpris moi-même à penser que la vie et le sexe après Angel, ne seraient plus jamais pareils.

Et si je ne faisais pas attention, je voudrais peut-être que ça ne finisse jamais.

Ces quatre nuits ne suffiraient jamais.

## CHAPITRE NEUF

ANGEL

Troisième jour – Saint Valentin

Je me réveillai le matin suivant, étrangement courbatue, là, entre les cuisses et gros sur la conscience. Je filai à la salle de bains sans réveiller Nick et regardai la femme dans le miroir. Je ne savais pas qui elle était.

Moi, Angel Rose, avait fait l'amour avec un parfait inconnu. Quelqu'un que j'avais rencontré, moins de quarante-huit heures auparavant. Et pas qu'une fois en plus. Ça avait duré toute la nuit, une vraie performance avec de multiples rappels. Nous étions ensuite passés du salon à la chambre, nous étions arrêtés en chemin sur le seuil, puis sur le tapis, incapable de nous raisonner. Comme en transe.

Quand nous avions refait surface Nick et moi, quelques heures plus tard, ce fut pour trouver un mot passé sous la porte. Notre dîner froid nous attendait sagement sur une belle desserte roulante décorée d'une nappe blanche. Il avait appelé la réception pour qu'on nous le change et qu'on nous en renvoie un frais, de quoi recharger nos batteries mises à rude épreuve.

Et il n'avait pas fallu attendre longtemps pour que le spectacle reprenne, encore… et encore. Il semblait inépuisable et je n'allais certainement pas dire non. Mes barrières avaient été brisées, j'étais accro à lui et à ce qu'il me faisait ressentir.

Je me sentais un peu gênée pour nos voisins et espérais que les murs n'étaient pas trop fins et qu'ils avaient assourdis notre nuit torride qui s'était étirée jusqu'au matin.

« Qu'est-ce que je suis en train de faire ? » murmurai-je, posant ma tête sur la porte de la salle de bains et essayant de cacher à mon reflet, le sourire qui s'étirait sur mes lèvres.

Mais je ne pouvais pas mentir, pas à moi-même en tout cas, faire l'amour avec cet homme avait été plus qu'exceptionnel, le meilleur coup que j'aie jamais eu de ma vie et je ne pensais pas être capable de me contenter ensuite de relations sans saveur comme celles que j'avais expérimenté avec Tim ou d'autres garçons. Je pensais impossible que quelqu'un d'autre puisse même égaler Nick sur ce point.

Nick était un amant attentif et énergique, qui avait tenu sa promesse d'embrasser chaque centimètre de mon corps et m'avait fait perdre la tête au passage. J'avais fait des choses avec lui que je n'avais jamais osé faire auparavant. Je l'avais aussi laissé me faire des choses… en lui faisant totalement confiance. Mes joues s'empourprèrent, rien qu'en y repensant.

Je n'avais jamais été le genre de fille à coucher si vite avec quelqu'un. Pourquoi l'avais-je fait alors ? Pourquoi avec lui ?

Parce qu'en me laissant glisser dans le sommeil dans ses bras, j'avais pensé à quel point il serait agréable de connaître ça au quotidien, voilà pourquoi. Les gens rationnels, ceux qui ont la tête sur les épaules, ne pensent pas de cette façon.

« Argh ! Ça suffit, » dis-je à haute voix en m'aspergeant la figure d'eau et en me concentrant pour profiter du moment présent, pour une fois. Il fallait que j'assume de faire quelque chose d'un peu fou et peu importe les conséquences. De profiter de la vie sans en faire tout un foin. Je ne pouvais pas le ramener chez moi, il ne serait jamais mon petit ami. Nick serait seulement mon aventure secrète, mon amant sexy de la Saint Valentin. Une histoire sans lendemain. Je le confronterais la tête haute quand il se réveillerait et profiterais des jours qui nous restaient à passer ensemble sans trop me prendre la tête à propos de tout ça.

Je n'allais pas me priver et profiter de cette aventure dont j'avais tant besoin.

Et pourtant, en dépit de toutes mes bonnes intentions, je n'arrivais pas à chasser une certaine pensée de mon esprit. J'étais effrayée par la facilité que j'avais eu à le laisser entrer dans ma vie et dans mon lit. Et j'avais peur de ne pas réussir à l'en laisser repartir aussi facilement…

*** * * ***

Deux heures et un gros petit déjeuner plus tard, que nous avions pris nu, en face de la cheminée comme si nous faisions un pique-nique, Nick et moi nous dirigeâmes vers le bar de dégustation. Le vent glacial irritait ma peau et mon nez picotait. Il faisait un froid de canard aujourd'hui. Le vent avait forci depuis la veille et je plaignais les inconscients qui avaient choisi de faire du ski par un temps pareil. Ils allaient se transformer en glaçons avant d'avoir pu atteindre le bas des pistes.

« Qu'est-ce qui te fait rire ? »

Je regardai Nick, mon cœur cognant dans ma poitrine quand mes yeux se posèrent sur sa si belle apparence. Je devrais m'estimer heureuse d'avoir couché avec lui, car ce devait être l'homme le plus sexy de la Terre.

« Je pensais juste à des glaçons.

— Alors ça c'est une autre histoire, répondit-il il et me surprenant en passant son bras autour de ma taille. Je suis presque sûr que le vin et les glaçons ne s'accordent pas très bien. »

Je ris en entrant dans le bâtiment et fut reconnaissante de sentir la vague de chaleur qui nous enveloppa.

Il serra ma taille avant d'enlever son bras et je soupirai intérieurement, j'appréciais cette sensation beaucoup trop à mon goût. Ça, et le fait qu'il veuille aller faire une dégustation de vin en ma compagnie. Dans la salle de bains, je m'étais préparée à ce que nous passions la journée séparément, chacun de notre côté. Ce n'était pas parce qu'on avait fait l'amour, qu'on était obligés de rester collés tout le temps. Il aurait pu vouloir du temps pour lui, ou être loin de moi. Car je n'étais peut-être qu'une autre aventure pour lui… une autre coucherie qu'il pouvait oublier pendant la journée et retrouver le soir, quand la lumière commencerait à baisser. Mais non, j'avais été prudemment optimiste quand il avait d'abord suggéré que nous prenions le petit déjeuner ensemble et que nous enchaînions par une dégustation de vin. Comment se faisait-il que je sois si chanceuse ?

Avant que nous puissions nous inscrire pour la visite et la dégustation, je sentis mon téléphone vibrer dans ma poche et je l'en sortis. Un numéro que je connaissais bien s'y affichait, comme un mauvais présage. Mes doigts s'approchèrent du bouton raccrocher, sachant qu'il valait mieux que je l'ignore et que je passe à autre chose. Que Tim pense ce qu'il veut. Je n'étais plus sa responsabilité et je me fichais pas mal de ce qu'il pouvait faire.

Mais mon cœur, et bien, il ne s'était pas vraiment remis

du fait qu'il m'ait larguée comme il l'avait fait alors que je pensais que tout allait bien entre nous. Et une part de moi voulait le faire souffrir autant que j'avais souffert.

Deux secondes, je dois répondre, dis-je à Nick avant de m'éloigner un peu.

J'appuyais sur décrocher et posais le téléphone sur mon oreille. « Qu'est-ce que tu veux ?

— Angel, ma chérie. La voix de Tim résonna dans mon oreille. Où es-tu ?

— Je suis en vacances, répondis-je, les yeux posés sur Nick qui avait cessé de me regarder. Qu'est-ce que tu veux ?

— J'étais super inquiet pour toi. Tu n'étais pas à l'appartement et… j'ai fait une énorme erreur ma chérie, commença-t-il, sa voix baissant d'un cran. Je n'aurais jamais dû te quitter pour elle.

— Pourquoi, qu'est-ce qu'elle a fait ? Elle t'a largué ? Elle s'est rendue compte de qu'elle grosse merde tu étais ? demandais-je incapable de me raisonner.

— Angel, allez, soupira-t-il. Ça n'a pas d'importance, je veux que tu reviennes. Rentre à la maison, on va pouvoir tout arranger. On ne peut pas jeter deux ans à la poubelle comme ça. J'ai eu tort. J'ai besoin de toi.

— Tim, non.

— C'est la Saint Valentin, je t'aime. Reviens à la maison, dit-il encore d'une voix suppliante qui me fit chanceler. Ou mieux encore, dis-moi où tu es et je viens te chercher. Peu importe où c'est, je parcourrais le monde entier pour te retrouver. Donne-moi une autre chance.

— Angel ? Nick murmura en me tendant la main. Nous allons être en retard. »

Le temps se figea, je fermai les yeux, déchirée. Avancer avec un homme que je ne reverrais probablement jamais après ces quelques jours, ou retourner avec un homme que j'avais aimé ? Lui donner une autre chance et reprendre là où l'on s'était arrêtés ?

J'attendis que la douleur, l'angoisse, me guident dans ma décision. J'attendis que l'amour que j'avais ressenti pour Tim refasse surface. Mais il ne le fit pas, pas complètement. Il était toujours présent, sous la surface, mais il n'était plus comme avant. Il était désormais teinté d'un poison qui avait souillé tous les sentiments que j'avais pu nourrir à son égard, sans mentionner notre histoire à tous les deux. Je ne pourrais plus jamais lui faire confiance.

« C'est fini entre nous, » murmurai-je dans le téléphone, gardant les yeux fixés sur Nick. Il m'avait donné la force de pouvoir le dire et vraiment le comprendre.

« Tu n'es pas sérieuse ? La voix de Tim était désespérée.

— Si, répondis-je, sentant le courage augmenter à chaque mot. Tu m'as trompée. Tu m'as quittée. Tant pis pour toi. Ne me rappelle plus. Je ne veux plus jamais te revoir.

— Angel, » commença-t-il, mais je raccrochais, remettant aussitôt le téléphone dans ma poche.

Je me sentis libérée. Et c'était en grande partie grâce à l'homme qui se tenait à mes côtés en ce moment même. Peu importe si ce n'était qu'une aventure, ce que j'avais expérimenté avec Nick m'avait fait réaliser que je méritais bien mieux que ce que Tim était en mesure de m'offrir. Je me devais de ne plus me comporter comme un paillasson sur lequel Tim pourrait essuyer ses bottes infidèles.

« Tout va bien ? » me demanda Nick en se rapprochant, la main toujours tendue vers moi.

Je m'approchais et lui pris la main et, sans pouvoir m'en empêcher, plaquais un léger baiser sur ses lèvres. « Oui. Tout est parfait. »

Il prit ma main et sourit à nouveau. « Bien. Allons nous bourrer la gueule alors ! »

Je le laissais me tirer à sa suite, un grand sourire couvrant mon visage. J'avais pris la bonne décision. Je m'amusais et j'étais heureuse d'être la personne que je ne m'étais plus autorisée à être depuis si longtemps. Pendant tout le temps où j'avais essayé de faire fonctionner mon ancienne relation, j'avais également enfermé mon être profond dans une cage derrière un gros verrou rouillé.

Mais grâce à l'aide de Nick, qui avait fait irruption dans ma vie, brisant mes défenses, la prisonnière était enfin libre. Et qu'importe si je repartais de ces vacances seulement avec une histoire incroyable à raconter et peut-être un cœur brisé. Je pourrais y survivre. Oui, j'y survivrais.

L'enfer pourrait bien geler avant que je ne retourne avec mon ex.

*** 

Je soupirais alors que les lèvres de Nick parcouraient mon cou, j'avais la tête qui tournais encore légèrement à cause du vin. Nous étions tous les deux dans le lit, en plein milieu de la journée, nus sous le drap et l'air autour de nous sentait la luxure.

« Dieu que c'est bon.

— Dis-le encore, il eut un petit rire, ses mains caressant légèrement mon estomac. Je serais ravi de refaire cette dégustation de vin tous les jours si ça finit toujours comme ça.

— Moi aussi, répondis-je, la voix teintée de désir.

— C'est pas franchement le genre de choses que je fais là d'où je viens. » Il murmura en m'embrassant le cou.

J'ouvris un œil et le regardais « Tu es d'où exactement ?

— Du Minnesota, répondit-il, sa main toujours posée sur ma peau. Pourquoi ? »

Intérieurement, je grognais. Je vivais en Caroline du nord, franchement pas à côté. « Pour rien, pour savoir, c'est tout. »

Il continua son exploration produisant des frissons sur tout mon corps, mais mon esprit n'était pas à la fête, car je venais de trouver quelqu'un de génial, mais qui vivait à l'autre bout du pays.

Super, franchement, super. C'est pour ça que je n'étais pas faite pour ce genre d'aventures. Je ne pouvais pas m'empêcher de vouloir plus.

« Quelle heure est-il ? demandais-je, comptant déjà les heures qui nous restaient avant de repartir chacun de notre côté.

— Je sais pas, quatre heures peut-être ? Oh merde ! s'exclama-t-il en sautant au bas du lit. Il farfouilla à la recherche de sa montre et jura à nouveau.

— Qu'est ce qui se passe ?

— Rien... juste, euh, il faut qu'on s'habille. Vite, » me dit-il en enlevant le drap pour révéler ma nudité, comme dans un tour de magie.

— Hey !

— Tiens, enfile ça, » me dit-il en me lançant mes vêtements au visage.

Je m'assis et fronçai les sourcils alors que mon legging atterrissait sur ma poitrine. « Nick, dis-moi d'abord pourquoi et je m'habillerai.

— Non, c'est une surprise. » Il était déjà entièrement habillé et m'attendait en faisant les cent pas.

Je fis la moue. « Mais— » Je n'eus même pas le temps de finir ma phrase qu'il m'attrapa par les chevilles, me tira vers le bord du lit et se baissa pour m'embrasser.

Ses doigts agiles se mirent en quête de la moiteur entre mes cuisses, caressant mon clitoris pendant un moment avant d'enfoncer deux doigts en moi. Je poussai un petit cri et sus que j'étais totalement à sa merci, je ferais tout ce qu'il me demanderait.

« Habille-toi maintenant, ordonna-t-il avec un sourire tout en retirant sa main.

— Ok, » soupirais-je.

Ça ne me prit pas longtemps pour me retrouver toute habillée, chaussée et suivant Nick qui me tirait vers l'extérieur du bâtiment où un van blanc nous attendait. Le conducteur tapota sa montre et Nick s'excusa de l'avoir fait attendre.

« Nick, franchement, qu'est-ce que tu fais ? Où est-ce que tu m'emmènes ?

— Tu sauras quand nous y serons. Monte, » dit-il en me claquant les fesses pour que je monte dans le véhicule.

Le conducteur négociait les routes escarpées d'une main de maître. La route était un peu cahoteuse et nous étions assez secoués et peu importe mes efforts, j'eus beau l'embrasser dans le cou ou le taquiner avec un doigt bien placé, il ne voulut pas me dire où nous nous rendions. Il garda la bouche close et fit le geste de jeter une clé invisible. Mais heureusement, ça ne l'empêcha pas de continuer à m'embrasser pendant tout le trajet.

Blottie dans ses bras, nous regardâmes les paysages magnifiques qui défilaient devant nous, inondés de la lumière dorée du soleil couchant.

« C'est si beau ici, dis-je pleine d'admiration.

— Et vous n'avez encore rien vu. Nous sommes arrivés, interrompit le chauffeur pour annoncer la fin du trajet. Je reviendrai vous chercher à neuf heures. Tout est prêt monsieur Lowry. Le petit chalet est juste là et contient tout le nécessaire.

— Merci, » répondit Nick en ouvrant la porte coulissante du véhicule.

Je regardais partout, lançant des coups d'œil à travers les vitres de la navette pour essayer de percer le mystère.

Nick m'aida à sortir du van et je tournai la tête de tous les côtés jusqu'à apercevoir un panneau en bois un peu plus loin. Il s'approcha de moi par derrière et enroula ses bras autour de moi, ses lèvres dans mon cou. Je le serrais en retour. « Joyeuse Saint Valentin, Angel. Tu croyais que j'avais oublié, hein ?

— Oh, Nick…

— Je sais que tu n'es pas une grande adepte du froid, donc… »

« Les sources chaudes du Rocher des Amoureux » mentionnait le panneau quelques mètres plus loin.

« J'ai loué l'endroit, il n'est rien que pour nous deux, murmura-t-il. On va se baigner ? »

Je me tournai dans ses bras pour lui faire face et grimaçai pour le taquiner : « Mais je n'ai pas apporté de maillot de bain.

— Oh ma belle, tu crois vraiment que je t'aurais laissé le garder sur le dos bien longtemps ? »

Une fois que Nick nous eut dégotté deux grandes serviettes dans le minuscule chalet attenant, nous marchâmes main dans la main, descendant les marches taillées dans la pierre, vers le bassin d'eau chaude et fumante qui nous tendait les bras. Il y avait de petites zones d'herbe par endroit et des avancées rocheuses qui surplombaient le bassin. Des guirlandes lumineuses et des lanternes éclairaient l'endroit d'une jolie lumière chaude.

Je me penchai et touchai l'eau du bout des doigts, ma bouche s'étirant en un large sourire en sentant la chaleur agréable se propager de ma main à mon avant-bras.

« Oh, c'est absolument merveilleux, » dis-je dans un souffle en me débarrassant timidement d'une botte, puis de l'autre. Nick était déjà en train de se déshabiller, il enlevait ses vêtements l'un après l'autre tout en me regardant avec passion.

« Viens par ici, il faut faire quelque chose pour tous ces vêtements, me dit-il en m'attirant près de lui, tirant sur ma fermeture éclair et m'enlevant mon manteau. Je frissonnai légèrement et il passa ses mains sur mon corps pour m'enlever une à une toutes les couches de tissus qui me couvraient jusqu'à ce que je sois nue devant lui.

« Tu es certain qu'il n'y a personne ? lui demandais-je en le prenant dans les bras pour me cacher contre lui.

— Certain, je m'en suis assuré. Réchauffons-nous, » dit-il en descendant les dernières marches qui nous séparaient de l'eau chaude.

Après avoir testé encore une fois l'eau, de mon pied cette fois, je pris une inspiration et me plongeais entièrement dedans, suivant Nick qui m'avait précédée.

L'eau était parfaite, j'avais l'impression d'être enroulée dans la couverture idéale. C'était beaucoup mieux qu'un bain chaud en tout cas. La piscine était suffisamment petite pour que mes pieds touchent le sol mais aussi suffisamment spacieuse pour que l'on puisse y nager. Ce que je fis, avec des mouvements lents, pour me rapprocher de Nick. Il me prit dans ses bras, enroula mes jambes autour de sa taille et me prit les fesses dans les mains.

« Ma belle, j'ai trop envie de toi, là tout de suite. »

Je le regardai avec un sourire coquin et jouai avec les pointes mouillées de ses cheveux qui pendaient dans son cou. « Bien, murmurais-je, car il n'y a rien que je désire plus que de t'avoir en moi. »

Sans attendre, sa queue dure trouva son chemin et lança un assaut. Il s'introduisit en moi fort, mais lentement, se retirant, puis s'enfonçant à nouveau, nos corps s'écrasant l'un contre l'autre, peau contre peau, claquant, faisant des vagues.

Nick me tint serrée contre lui alors que je gémissais pour qu'il me donne encore plus, mes cris se cristallisant dans l'air glacial. Il me laissa m'allonger sur le dos, mes tétons exposés, mes seins nageant dans l'eau chaude, la portance me faisant flotter alors qu'il s'occupait sans relâche de me donner du plaisir plus bas.

J'étais proche de l'explosion quand il m'attrapa par les hanches et m'attira contre lui, nos poitrines se touchant. « Mets tes bras autour de moi, dit-il dans un souffle, je veux voir tes yeux quand je te fais l'amour. »

J'enroulai mes bras à l'arrière de sa tête et commençai à frotter mes hanches contre lui, désespérément, essayant d'ignorer les mots qu'il venait de prononcer. Je ne voulais pas analyser ce qu'il venait de dire, je voulais juste qu'il me tienne contre lui et qu'il ne me laisse jamais repartir. Je me mordis la lèvre et maintint le contact visuel. Ses yeux chocolat étaient chauds comme l'eau de ces sources et je me sentais plonger en eux. M'y perdre complètement.

J'avais l'impression que l'eau était sur le point de se mettre à bouillir, mais je savais bien que c'était lui qui me faisait cet effet. Sachant, sans le moindre doute, quoi me faire pour que je crie son nom. Il me laissa haletante dans la piscine, mon vagin palpitant, au bord de l'explosion. Sans effort, il se tourna et me positionna pour que j'aie le dos collé à l'un des rochers lisses du bord, me coinçant entre eux et lui. Il avait désormais toute latitude pour continuer son exploration, me caresser partout alors que nous partions tous les deux vers l'extase.

Mes seins dans les mains, il se mit à les pétrir document, mais rapidement. Suçotant mes tétons jusqu'à ce que je ne supporte plus cette douce torture. J'appuyais sur ses fesses, mes chevilles serrées de toutes mes forces contre lui, désirant qu'il me possède encore plus fort. Qu'il me donne tout.

Il ne me déçut pas. Il reprit, avec une ferveur renouvelée, sa respiration devenant de plus en plus saccadée et je me mordis la lèvre à nouveau.

« Angel, je jouis. Ma belle, oh putain, » cria-t-il alors que je m'accrochais désespérément à lui, mes membres se transformant en gelée alors que j'entrais littéralement en éruption, comme un volcan, en criant si fort que j'aurais pu déclencher une avalanche.

## CHAPITRE DIX

### NICK

Quatrième jour

« Je n'en reviens pas de m'être laissée entraîner là-dedans. Regarde ! je suis la seule adulte du groupe. »

Je ricanai et lui désignai l'endroit de rassemblement. « Tu ferais mieux de te dépêcher. Ils vont bientôt commencer. Il ne faudrait pas que tu rates quelque chose d'important. »

Angel me lança un regard qui disait : Il-faut-vraiment-que-j'y-aille ?, mais je balayai ses hésitations d'un revers de la main. Elle plissa le nez, mais se dirigea comme un bon petit soldat vers le groupe, traînant ses skis dans la neige derrière elle. Je lui avais réservé une leçon de ski à la première heure ce matin, pour qu'elle puisse dire qu'elle avait descendu les pistes au moins une fois pendant son séjour. Et qui sait, peut-être que nous pourrions même faire une descente tous les deux avant de devoir chacun rentrer chez nous, sans qu'elle ne manque de se tuer.

Angel était réticente et il avait fallu jouer de persuasion dans la douche ce matin pour la convaincre, mais elle avait finalement décidé d'essayer.

Croisant les bras sur ma poitrine, je restais un moment à la regarder alors qu'elle apprenait les bases et manqua de tomber à la reverse quand elle dû avancer en poussant sur les bâtons avec les skis aux pieds. En dépit du fait que je ne connaissais que peu de choses d'elle, mis à part le fait qu'elle appréciait manifestement chevaucher ma queue et à quel point nous étions bien ensemble, j'appréciais sa compagnie. Plus que ça même, si j'étais honnête avec moi-même. En temps normal, à ce stade d'une relation, je serais déjà en train de chercher une échappatoire, de trouver des excuses pour passer du temps seul, loin d'une relation trop accaparante. Peut-être était-ce dû au fait que je m'étais privé de réelle compagnie ces deux dernières années, où qu'elle ne connaissait que trop peu de choses de moi pour m'inquiéter en demandant plus. Quoi qu'il en soit, Angel était différente. Je savais que je ne faisais que me mentir à moi-même. Au fond de moi, je n'attendais qu'une chose, qu'elle revienne au plus vite tout près de moi.

Mon téléphone se mit à vibrer dans ma poche, je l'en sortis et le portais à mon oreille, un sourire sur les lèvres. « Comment ça va, mon gros ?

Mon grand frère James, rit à l'autre bout du fil. « Ça commence bien ! je voulais juste savoir comment se passait ton voyage. Tu t'es déjà trouvé une jolie petite célibataire ou tu es désespérément en recherche d'attention ?

— Ah t'aimerais bien savoir, hein ? Où en est le contrat sinon ? Tu n'appelles pas parce que tu as déjà tout fait foirer, si ?

— Oh, petit frère, fais-moi confiance un peu ! Nan tout va

bien, je t'appelais juste pour savoir comment se passait ton séjour.

— Laisse-moi deviner, maman est toujours énervée que je n'ai pas assisté à son banquet annuel de la Saint Valentin ?

— T'as deviné mon biquet, répondit-il. T'as intérêt à lui ramener un gros cadeau bien cher si tu veux espérer manger quelque chose à Pâques. »

Je souriais en connaissance de cause. Notre mère adorait réunir ses garçons et leurs familles étendues pour les grandes fêtes de l'année et pour les plus petites également, ce qui pouvait parfois être un peu énervant. Je pense que c'était sa manière à elle de rattraper le temps perdu avec ceux qu'elle n'avait pas pu voir quand ils étaient en mission.

Mais le pire, avait toujours été le jour de la Saint Valentin. Dans le passé, si l'un de mes frères ou moi avions une petite copine à cette période de l'année, nous étions tenus de l'emmener au repas familial et peu importe si nous avions prévu autre chose. Plutôt gênant. Mais c'était aussi plutôt sympa de partager tous ces moments en famille. Au moins, j'avais une famille, moi, pensais-je.

Mes yeux se reportèrent sur Angel, imaginant ce que ma mère dirait si je l'amenais à l'une de ces grandes fêtes familiales.

« Je suis sûr que je vais trouver un moyen de me faire pardonner.

— Tu t'éclates sur les pistes ? Allez, tu n'as toujours pas répondu à ma question. Tu t'es trouvé quelqu'un ? T'es pas du genre cachottier d'habitude. »

Je ris. Si seulement il savait ce que j'étais en train de faire. « Tu n'es qu'un abruti et un pervers.

— Mais tu m'aimes quand même, hein ? contra James. Bon, si tu ne veux rien me dire… je ferais mieux de retourner bosser. Attends… si tu ne dis rien, c'est que tu as rencontré quelqu'un, c'est ça ?

— Toujours du genre à tirer des conclusions hâtives.

— Et toi tu la joues évasif. Je vais être obligé de t'attacher à une chaise et de t'interroger dès ton retour à la maison.

— James, menaçai-je.

Il ricana. « Oulala, c'est du sérieux, alors. Comment elle s'appelle ?

— Ça ne te regarde pas !

— Ha ! J'avais raison ! Il y a bien une fille.

— Peut-être bien, mais…

— Mais quoi ? »

Je frottai ma barbe de deux jours. « Mais je repars dans quelques jours et elle habite à l'autre bout du pays.

— Et ?

— Et… merde. Je ne la reverrais probablement jamais. »

James arrêta de me taquiner et dit. « Oh c'est du sérieux alors.

— C'est ça. Et je ne sais pas du tout quoi faire. »

Il s'arrêta de parler pendant quelques secondes puis exhala un long soupir. « Tu sais exactement ce que tu dois faire si tu crois que c'est la bonne.

— Je ne la connais que depuis quatre jours.

— Ça n'a pas d'importance, répondit James. Quand tu sais, tu sais.

— Peut-être…

— Écoute, ne te prends pas la tête. Rappelle-toi ce que nous disais papa à propos des prises de têtes : Arrête de créer des problèmes et trouve des solutions ! Maintenant, repars profiter de tes vacances et appelle-moi si tu as besoin de parler. Ta sale gueule nous manque. »

Je sentis ma poitrine se serrer en pensant à ma famille, à mon père et à la façon dont ils m'avaient tous soutenu durant mes missions à l'étranger. Me poussant quand j'en avais besoin et trouvant toujours les mots qu'il fallait. Je n'aurais pas pu demander mieux. « Merci, à plus. »

James raccrocha et je fourrai mon téléphone dans la poche, jetant un dernier coup d'œil à Angel avant de repartir à l'intérieur. Il était temps d'aller faire un tour à la boutique de cadeaux.

\* \* \*

« Je ne vais plus ressembler à rien demain matin. T'as vu comment ces gamins dévalent les pentes à toute vitesse ? C'est comme s'ils ne connaissaient pas la peur.

— C'est exactement ça. Je me rappelle de mes frères et moi à cet âge. Rien ne pouvait nous arrêter. Je suis d'ailleurs étonné que nous soyons toujours vivants après toutes les conneries qu'on a pu faire. Je passais mon bras autour de sa taille, l'odeur de son shampoing me fit bander en repensant à ce que nous avions fait dans la douche une heure plus tôt. Mais au moins tu sais maintenant que tu peux descendre les pistes. »

Angel se mit à rire. « Qu'est-ce que tu racontes. Je ne peux pas aller sur les pistes, à part celles pour les enfants ! Le moniteur m'a clairement fait comprendre que j'étais un danger pour moi-même et pour les autres. Il m'a pratiquement bannie de la montagne.

— En voilà un homme intelligent, répondis-je en l'embrassant. Et pour tout ce que j'ai envie de te faire, j'ai besoin que tu sois en un seul morceau. Tu as quand même réussi à rester debout la plupart du temps, tu peux être fière. Tu t'es bien débrouillée ma belle. »

Nous nous dirigeâmes vers une tente blanche érigée à l'arrière du chalet. Ce soir, nous avions été invités à participer à la soirée spéciale couple, une fête pour continuer sur le thème de la Saint Valentin avec boissons à volonté, orchestre et buffet. Angel était magnifique dans sa robe verte en velours et j'avais un mal fou à ne pas la toucher sans arrêt.

« Waouh, déclara-t-elle en entrant dans la pièce principale décorée pour l'occasion. C'est magnifique. »

Je devais l'admettre moi aussi, c'était plutôt pas mal. Pas aussi bien que les sources chaudes de la veille, où j'avais pu profiter de sa seule compagnie, mais autant profiter des événements offerts par le chalet plutôt que de passer tout notre temps enfermés tous les deux.

Nous fîmes le tour de l'endroit pour prendre nos marques. Plusieurs tables étaient éparpillées dans la zone et quelques couples bien habillés étaient déjà en train de danser devant le petit orchestre.

« Viens. Je la tirai vers les gens. On danse. »

Angel se mit à rire quand je la fis tourner dans mes bras et que nous commençâmes à danser en grands cercles avec les autres couples, mes mains accrochées à sa taille.

« C'est très agréable, ça aussi, soupira-t-elle, les yeux brillant de joie.

— Je suis tout à fait d'accord, répondis-je et complètent fou aussi. »

Elle hocha la tête, ses joues rougissant. « Complètement fou, mais tu as été un colocataire absolument merveilleux. »

Je ris en soulevant un sourcil. « Un colocataire avec options ?

— Ça, c'est clair, » répondit-elle doucement en faisant glisser ses mains vers mon cou.

Je ravalais la boule qui venait de se former dans ma gorge. Je ne voulais pas que ça se termine. J'aurais réservé la chambre pour encore quelques jours si elle m'avait laissé faire. Pour toujours, si j'avais pu. Être son Valentin pour cinq petits jours, ce n'était pas assez.

« Et si on continuait après ce voyage ? » demandais-je, mettant des mots sur mes pensées torturées, prenant le risque.

Elle perdit l'équilibre, me cogna et nous faillîmes rentrer en collision avec un autre couple. « Q-quoi ? »

Je hochais les épaules, tentant de paraître décontracté. « Tu sais, une de ces relations à longue distance. »

Angel me fixa, ses yeux remplis de surprise et j'avalais ma salive sachant que je marchais sur des œufs. Elle m'intriguait et je ne voulais pas que notre histoire se termine quand nous nous séparerions, dans moins de deux jours. J'avais envie d'essayer, de voir où ça pourrait nous mener.

Merde, j'avais même pensé l'emmener à nos réunions de famille. Ça devait bien vouloir dire quelque chose ça, non ?

« Nick, commença-t-elle enfin, en mettant un peu de distance entre nous. Je veux dire, ça a été absolument formidable, mais je ne suis pas sûre, je ne cherche rien de sérieux pour le moment. Et toi ? Je sors tout juste d'une longue relation… je croyais que c'était clair entre nous ? Cinq jours et cinq nuits, pas plus. »

Aïe, c'est comme si j'avais été poignardé en plein cœur. Les blessures reçues au combat ne m'avaient jamais fait aussi mal.

## CHAPITRE ONZE

ANGEL

Je n'étais qu'une menteuse. Une véritable idiote. Pourquoi avais-je dit un truc pareil ?

Mais je savais bien pourquoi. Mon cœur avait traversé deux ans de douleur atroce. Il ne pouvait pas se permettre d'en endurer un seul jour supplémentaire. Il était au tapis, complètement KO. Pouvais-je me permettre de le laisser remonter sur le ring et se battre encore au nom de l'amour, hein ? Le pouvais-je ?

J'étais assise, à trier la nourriture dans mon assiette et à regarder Nick par en dessous, regrettant d'en avoir trop dit. Quand il avait proposé que nous continuions notre relation après le séjour, je m'étais senti geler sur place. La pensée d'entamer une autre histoire avait figé le sang dans mes veines et les mots étaient sortis de ma bouche avant que j'aie pu vraiment les réfléchir.

Malheureusement, ça avait fait s'envoler la magie de cette soirée qui était supposée être l'apothéose du séjour. La fête semblait s'être dégonflée, comme un vieux ballon et Nick avait à peine desserré les dents depuis.

Soupirant intérieurement, je repoussai mon assiette à

laquelle je n'avais pratiquement pas touché. « Je crois, je veux dire, je vais en rester là pour ce soir. »

Nick leva les yeux et je sentis la chaleur se propager dans mon bas ventre alors que je fixais ses yeux brun chocolat, souhaitant pouvoir y retrouver la tendresse que j'y avait lu plus tôt. J'avais tout fait foirer. Je l'avais repoussé et il n'y avait plus de retour en arrière possible.

« Pas de problèmes, dit-il finalement, jouant avec le verre devant lui. Je vais rester encore un peu dans le coin, je ne suis pas encore prêt à partir. Sauf si tu préfères que—

— Non, non. Tu restes. Ne pars pas à cause de moi, dis-je maladroitement, creusant encore un peu plus la distance entre nous deux.

—Tu est sûre ?

— Tout à fait. » *Menteuse, mais quelle idiote tu fais !* Dis-lui non. Dis-lui que tu veux monter avec lui dans la chambre, là tout de suite, et le voir nu, sur le lit en moins de cinq secondes. Au lieu de ça, je repris ma pochette et hochais la tête. Nous étions bien trop polis, à essayer de ne pas se marcher sur les pieds. Où était passée l'étincelle qu'il y avait entre nous ?

« Très bien. »

Je soupirai, intérieurement en colère contre moi. Je l'avais repoussé quand il m'avait demandé de continuer l'aventure la plus chaude que j'avais connue de toute ma vie et je comprenais bien qu'il n'ait pas envie de remonter tout de suite et préférait rester un peu en bas. J'avais été stupide, mais je n'arrivais pas à le lui dire. « Ok. On se voit plus tard alors.

— Ouais, » répondit-il alors que je me levais et partais, mes pieds lourds comme du plomb en me dirigeant vers notre chambre. Une fois à l'intérieur, je me débarrassai de mes chaussures les larmes aux yeux. Il était dégoûté. Je pouvais le voir, écrit sur son visage et franchement, j'aurais ressenti la même chose si j'avais été à sa place. Je l'avais repoussé, si vite... de manière si détachée en plus. Rien d'étonnant à ce qu'il se sente blessé.

Mais à quoi pensais-je ?

Essuyant les larmes de mes joues, j'enlevai ma robe dans la salle de bains et entrepris d'enlever tout le maquillage que je m'étais appliqué avec soin quelques heures auparavant, la joie que j'anticipais pour cette soirée, maintenant totalement évanouie. Ce n'était pas tous les jours qu'on rencontrait un homme comme Nick, un homme qui m'avait rendue follement heureuse en l'espace de seulement quelques jours... quelques heures même.

Je me demandai comment j'avais pu perdre tellement de temps avec Tim, à essayer d'être ce qu'il voulait que je sois et pas ce que moi je voulais être. Nick avait fait ressortir quelque chose en moi, quelque chose qui me plaisait. Il était la pièce manquante à mon puzzle, il me complétait et pourtant, je l'avais repoussé.

Je jetai le coton sali de débris de mascara noir, attrapant un mouchoir à la place pour m'en tamponner les yeux. Si je ne me souciais pas de ce qui se passait actuellement, je ne pleurerais pas comme ça, si ? Je m'en ficherais de l'avoir blessé.

Car je sentais que c'était le cas.

« Argh Angel, tu es vraiment stupide. » Grommelai-je en rentrant dans la chambre et en me jetant sur le lit qui sentait encore son eau de toilette.

Il était évident que j'étais effrayée, mais je ne pouvais pas le lui dire. J'avais peur de souffrir à nouveau, pourtant, je savais que le peu de temps que je venais de passer avec Nick allait me faire souffrir beaucoup plus que je ne l'aurais voulu.

Ce qui m'effrayait le plus était peut-être le fait que je voulais terriblement que ça continue.

\* \* \*

Après quelques heures passées à me tourner et me retourner dans le lit, je me levai enfin et jetai un œil dans le salon pour voir si Nick avait refait son lit dans le canapé-lit réparé. L'hôtel n'avait posé aucune question quand nous les avions avertis de l'incident et nous en avaient immédiatement envoyé un autre en remplacement.

La pièce était sombre et ne montrait aucun signe de vie. Il n'était pas encore revenu.

Soupirant un bon coup, je posai mes mains sur mes hanches et examinai les options qui s'offraient à moi. Il fallait que je m'excuse et que je lui explique mes peurs, liées à ma précédente relation avec Tim. Il comprendrait sûrement mon hésitation et nous pourrions décider ensemble de ce qui se passerait après la fin du séjour. S'il en avait toujours envie. Il pouvait très bien être reparti directement.

Pourtant, je restais là, sans bouger, à laisser passer les heures qui me restaient à vivre la rencontre la plus romantique de ma vie à cause d'un problème de communication. Et tout ça parce que je n'étais pas assez courageuse pour lui dire la vérité.

Remotivée par cette révélation, je me rhabillai, un legging, un gros pull en maille et sortis de la suite, espérant tomber sur Nick sans croiser trop de monde. Il était minuit passé et je pris l'ascenseur incroyablement lent qui me mena jusqu'au hall. Je fis le tour du lieu du regard à travers la vitre de l'ascenseur, il n'y avait pas âme qui vive. Voyant que la porte de la salle de la fête de tout à l'heure était désormais fermée, je réfléchis à ce que je pouvais faire maintenant. Je tournai sur moi-même, me demandant où il pouvait bien être.

« Puis-je vous aider ? »

Je me retournai et tombai nez à nez avec l'un des porteurs, tout sourire malgré l'heure tardive. « Euh, pourriez-vous me dire où la fête continue ?

— Elle s'est déplacée au bar, il y environ une heure.

— Merci, » répondis-je. Alors que je me dirigeai vers le bar, j'aperçus la haute stature de Nick près de l'entrée. Mes jambes vacillèrent quand je réalisai qu'il n'était pas seul, son bras était passé autour de la taille de la blonde avec laquelle il parlait le premier soir.

Sans un mot et sans bruit, je reculai, mon cœur cognant à tout rompre dans ma poitrine. Il m'avait déjà remplacée. Il n'avait pas perdu de temps.

Je me cachai dans l'ombre sachant que si j'avançais plus avant, Nick ne manquerait pas de m'apercevoir dès qu'il aurait passé l'angle du bar. Au lieu de ça, je l'observais, cachée dans les ombres du hall alors qu'il passait devant moi avec sa nouvelle conquête. Elle gloussait, cramponnée à son bras. Il la conduisit vers l'ascenseur et la plaqua contre la vitre. Je ne voyais pas son visage, mais j'imaginais sans peine ce qu'il était en train de lui faire. Il embrassait son cou, ses lèvres, ses joues. Comme il l'avait fait avec moi. Ils finiraient dans sa chambre et il lui ferait tout ce qu'il était censé me faire ce soir.

La porte de l'ascenseur s'ouvrit et je voulus m'effondrer et pleurer. Mais avant de lâcher prise, je courus dans les escaliers et m'adossai au mur près de la porte de notre suite, mon cœur tout d'un coup empli de terreur. J'avais fait plus que le contrarier. Je l'avais rejeté. Nick était passé à autre chose.

« Merde, » murmurai-je, repoussant le mur et me dirigeant vers l'entrée de notre chambre. À cause de ma peur, je venais de le perdre.

## CHAPITRE DOUZE

NICK

Cinquième jour

*E*lle m'évitait.

Même si je ne la connaissais que depuis quelques jours, j'avais rapidement appris à reconnaître ses humeurs et actuellement elle était irritée. C'était l'humeur qui disait « Casse-toi vite de là, si tu ne veux pas que je t'en colle une. »

J'étais revenu dans notre chambre aux petites heures du jour et au lieu de me rendre dans la chambre et de risquer de réveiller Angel, j'étais allé m'écrouler sur le canapé pour grapiller quelques heures de mauvais sommeil.

La porte de la chambre était toujours verrouillée à mon réveil et j'hésitai pendant un moment à frapper avant de prendre mes affaires de ski et partir à l'assaut des pistes. Vu qu'elle semblait vouloir dormir, je la laissai tranquille.

De plus, je n'avais pas encore été skier de tout le séjour.

Et j'imaginais qu'elle serait peut-être de meilleure humeur quand je reviendrais et que nous pourrions parler.

Après plusieurs descentes, je retournai à la suite et quand je trouvai la porte toujours close, la colère commença à monter. Quelque chose se préparait et je n'étais pas sûr de vouloir savoir quoi.

Était-elle toujours embarrassée à propos de la nuit dernière ? Du gâchis qu'avais été cette soirée ? C'était bien possible, j'avais été tellement dégoûté qu'elle voit notre relation comme une simple aventure sans lendemain, alors que de mon côté, je pensais que ça pourrait déboucher sur beaucoup plus. Pendant quelques heures, j'avais essayé de la chasser de mon esprit. En flirtant inconsidérément pour me remettre les idées en place.

Ça n'avait pas marché. Une heure en présence d'une autre femme, la même blonde que j'avais croisée le premier soir et je réalisais rapidement que je ne pourrais pas oublier Angel et tout ce qu'elle me faisait ressentir aussi facilement. Quand la blonde m'avait embrassée, au bar, je l'avais repoussée gentiment, elle était complètement bourrée et il n'y avait aucune magie. Je l'avais gentiment rembarrée, mais je l'avais pourtant aidée à regagner sa chambre avant qu'elle ne s'écroule par terre.

Qu'est-ce qu'Angel m'avait fait ? Elle m'avait fait envisager sérieusement m'engager dans une relation suivie et longue distance en plus. Elle m'avait détourné des autres femmes et maintenant je m'inquiétais en plus de savoir si elle était en colère contre moi.

Merde, j'étais déjà complètement à fond et notre histoire commençait à peine. Ou était-elle déjà finie ? Je n'étais pas certain. Quoi qu'il en soit, nous devions avoir une conversation elle et moi.

Comme si de rien n'était, la porte de la chambre s'ouvrit.

Elle vacilla une seconde quand elle m'aperçut assis, mais se reprit immédiatement et me passa à côté, habillée à son habitude de leggings ajustés noirs, d'un t-shirt assorti et portant un magazine sous le bras.

« Te voilà, dis-je, tentant un sourire, alors qu'elle se dirigeait vers la porte.

— Je vais me faire masser, me répondit-elle froidement et ouvrant la porte. Je reviens plus tard.

— Attends, lui dis-je en fronçant les sourcils et en la suivant dans le couloir. Est-ce qu'on pourrait parler deux secondes de ce qui s'est passé hier soir ? »

Ses épaules se raidirent, mais elle ne s'arrêta pas et prit les escaliers au lieu d'attendre l'ascenseur. « Je ne peux pas Nick, je vais être en retard. J'ai pris un rendez-vous. »

Ce n'était franchement pas une excuse suffisante pour que je lâche l'affaire. « Allez Angel, arrête-toi juste une seconde. »

Elle ne le fit pas, je la poursuivis donc dans les escaliers et à travers le hall, sentant la tension monter dans mes veines alors qu'elle refusait de ralentir. Ce n'est qu'en atteignant finalement le spa, après avoir poussé les portes de verre teintées de vert qu'elle daigna enfin s'arrêter et seulement parce qu'elle avait atteint le comptoir.

« Bonjour Angel Rose, j'ai rendez-vous pour un massage. »

La femme à la réception me jeta un coup d'œil. « Un massage en couple ?

— Non.

— Si, » éructai-je.

Angel se tourna vers moi et je lui fis un sourire. « Si tu refuses de me parler, je refuse de te laisser tranquille.

— J'essaie de me détendre Nick, cracha-t-elle en plissant

les yeux. Pouvons-nous remettre cette discussion à plus tard ? »

Je secouai la tête, elle soupira et se retourna vers la femme de l'accueil. « Ignorez-le, un massage pour une personne s'il vous plait.

— Plus un, » répondis-je, m'approchant du comptoir.

La femme nous regarda tour à tour et tapa quelque chose sur son ordinateur. « J'ai une salle pour couple disponible. J'ai l'impression que vous avez tous les deux bien besoin de vous détendre. Suivez-moi.

— C'est pas vrai, murmura Angel. Tu vas vraiment me suivre ?

— Tout à fait, répondis-je alors que nous passions une autre porte de verre et commencions à entendre le son de l'eau autour de nous. Jusqu'à ce que tu me parles. »

Elle souffla, mais n'ajouta rien alors qu'on nous conduisait vers une petite pièce à la lumière tamisée et aux murs luxueusement recouverts de bois brillant. Deux tables de massage y étaient disposées côte à côte, prêtes à nous recevoir.

« Déshabillez-vous je vous prie et allongez-vous sur le ventre. Vous avez à votre disposition des peignoirs et des serviettes si vous désirez. Installez-vous nous revenons bientôt, dit-elle sur un ton enjoué avant de fermer la porte et de nous laisser seuls.

Angel se retourna vers moi, plaça ses mains sur les hanches et commença à me fixer. « Dernière chance Nick, va-t'en s'il te plait. »

Je croisai mes bras sur ma poitrine et secouai la tête. « Non, pas moyen. Je ne vais pas lâcher l'affaire si facilement.

— Tu es ridicule.

— Tu m'ignores, dis-moi au moins pourquoi. Qu'ai-je fait de mal ? »

Une émotion passa sur ses traits, de la colère. Mais il y avait aussi quelque chose d'autre et je décelai avec surprise une lueur de douleur dans son expression. « Je-je ne veux pas parler de ça ici. »

La porte s'ouvrit, une masseuse entra et nous regarda, surprise de nous trouver encore tout habillés. « Vous n'êtes pas déshabillés... je suis là pour le massage de couple. »

Angel me regarda. « Il ne veut pas partir. »

Je fouillai dans mes poches et en sorti quelques billets que je tendis à la masseuse. « Tenez, nous serons dehors dans à peu près une heure. »

Elle ne regarda avec incrédulité. « Mais monsieur. »

Je lui décochai mon meilleur sourire. « C'est toujours la semaine de la Saint-Valentin, n'est-ce pas ? Nous avons besoin d'être un peu seuls. Voyez ça comme un cadeau que vous nous faites à tous les deux.

— Qu'est-ce que tu fous ? me demanda Angel alors que la masseuse nous dévisageait tous les deux avant de sortir de la pièce et de fermer la porte derrière elle. Et mon massage alors ! »

Je remontai les manches de mon sous pull et lui désignai la table. « Monte là-dessus. Je vais te le faire ton massage et nous en profiterons pour parler. »

Elle croisa les bras sur sa poitrine. « Je ne vais rien faire de tout ça. Fais revenir la masseuse Nick, tout de suite.

— Non, répondis-je. Bon, tu le veux ton massage Angel ou pas ?

Elle souffla et je souris intérieurement quand elle commença à enlever ses vêtements, me gratifiant au passage d'une vision tentatrice de son corps, avant de s'allonger sur le ventre sous le drap. « Allez, fais ce que tu peux. Mais ne pense même pas à...

— À quoi ?

— Argh, non rien. Dépêche-toi juste, j'ai la tête qui va exploser. »

Je m'approchai de la table et commençai à masser ses épaules, manipulant les muscles tendus avec délicatesse. « Dis-moi ce qui ne va pas Angel.

— Tu n'es pas censé parler pendant un massage.

— Ce n'est pas un massage normal, tu sais, » répondis-je en pétrissant son cou avec mes doigts. Je n'avais pas la moindre idée de ce que je faisais, mais je n'allais pas m'arrêter tant qu'elle ne m'aurait pas foutu à la porte. « C'est pas tous les jours qu'une femme peut se faire masser par quelqu'un du corps des marines. »

Elle rit, son corps se secoua sous mes doigts. « Ce n'est pas tout à fait ce que j'imaginais. »

Je souris et passai à son dos, baissant le drap jusqu'au creux de ses reins. Elle essaya tant bien que mal de réprimer un soupir, mais je l'entendis sans équivoque. Ma gorge s'asséha, je brûlais de caresser son corps tout entier. « Qu'est-ce que tu imaginais alors ? »

## CHAPITRE TREIZE

ANGEL

Je n'en revenais pas de ce que Nick était en train de faire. Ses mains parcouraient mon corps sans se presser, me caressant plus qu'il ne me massait et si je n'avais pas été aussi en colère contre lui, je pense que j'aurais apprécié le moment, énormément.

Mais Nick avait foutu mes plans en l'air et comme c'était mon dernier jour ici, j'aurais vraiment souhaité pouvoir m'offrir ce moment de détente. Je voulais me laisser aller pour une heure, oublier tout ce qui s'était passé, oublier Nick et ma vie toute entière.

Pourtant, je devais bien le lui reconnaître, il était têtu comme une bourrique.

« Tu es trop têtu, » répondis-je enfin alors que ses mains effleuraient mes côtes causant une cascade de frissons sur leur passage.

Il gloussa. « Ça c'est clair. »

Puis, quand je sentis la caresse de ses lèvres sur le bas de mon dos, une sensation de chaleur envahit mon corps dans la seconde.

« Nick ! Qu'est-ce que tu fais ? murmurai-je alors qu'il faisait glisser le drap par terre, révélant mon corps nu.

— Je te fais un massage spécial, c'est une nouvelle technique, le spécial Nick, » répondit-il d'une voix douce, ses mains maintenant sur l'arrière de mes cuisses et glissant ses doigts entre elles. Je gémis quand il commença à caresser mon entre-jambe me sentant mouiller instantanément sous ses doigts. Malgré ma colère contre lui, mon corps refusait de l'oublier et me trahissait en refusant de passer à autre chose. Quand ses doigts se glissèrent en moi, je frissonnai sans le vouloir et mon corps se cambra contre lui.

« Tu es trempée, » dit-il dans un souffle, son autre main caressant mes fesses, sa langue, explorant mon corps.

J'enfouis mon visage dans l'oreiller et gémis plus fort, en rythme avec ses mouvements, mon corps anticipant ce qui allait se passer et répondant avec enthousiasme. Mes orteils se contractèrent et mes cuisses se raidirent. Il réussissait à m'enflammer d'une seule caresse et j'étais prête à me consumer jusqu'aux cendres.

Nick s'arrêta et s'éloigna de moi. Il s'écarta de la table de massage et je crus qu'il avait fini. Mais quand il revint, ses mains glissèrent sur moi. Les huiles emplirent l'atmosphère de leur parfum alors qu'il m'en enduisait. Il commença au niveau des mollets. Étalant généreusement l'huile sur mon corps à mesure qu'il remontait. Il me massa l'arrière train, écartant doucement mes fesses, ses pouces s'enfonçant profondément dans la chair dense.

Il continua avec mon dos et le reste de mon corps, jusqu'à ce que je sois recouverte de la tête aux pieds de l'huile qu'il avait trouvée. Il fit même passer ses mains le long de mes bras, glissa sur mes avant-bras, jusqu'à mes mains, mes paumes, le bout de mes doigts, me massant en cercles, dénouant toutes mes tensions.

J'étais totalement détendue, la tête enfouie dans l'oreiller. J'aurais voulu qu'il ne s'arrête jamais.

Peu à peu, il se redirigea vers le bas de mon corps, laissant sur son trajet comme une traînée de feu.

« Écarte les jambes, murmura-t-il et m'encourageant à ouvrir les cuisses. Je connaissais déjà la sensation de l'avoir en moi et en imaginant cela à nouveau, mes fesses se soulevèrent et mon dos se cambra. J'étais pratiquement en train de m'offrir à lui.

Des gouttes d'huiles tombèrent sur mes fesses et coulèrent jusqu'aux lèvres de mon sexe. Je soupirais quand il me toucha, empaumant ma vulve toute entière de sa grande main rude et habile, me massant la chatte avec les huiles. Il savait exactement ce que j'aimais, un contact franc, une pression sur le clitoris alors qu'il entrait en moi, aiguisant mon désir en me pénétrant de ses doigts.

Je me tortillai et levai la tête, je n'arrivais pas à respirer le visage enfoui dans l'oreiller et j'avais besoin de le voir. Je tournai la tête et regardai, hypnotisée sur son avant-bras qui bougeait lentement, les muscles tendus, alors qu'il était en train de me baiser avec ses doigts.

« Jouis pour moi ma petite Valentine dit-il, glissant sa main le long de ma colonne vertébrale, jusqu'à mes seins. Je veux que tu te laisses aller, ici, que tout le monde t'entende, crie pour moi.

— Fais-moi crier alors, Nick. »

Il redoubla d'effort, accélérant le rythme de ses mouvements. Un soldat en mission. Il claqua sa main sur mes fesses. Je poussai un cri perçant et il recommença, ravi de ma réaction.

« Encore ! » haletai-je, sentant le plaisir monter. Il enfouit ses doigts encore plus profondément en moi et me donna une nouvelle claque sur les fesses. Je frissonnai en laissant mon corps prendre le contrôle, me laissant emporter par l'orgasme et chevauchant ses doigts épais, jusqu'à m'écrouler sans force sur la table de massage.

« Ça c'est ce que j'appelle un massage, ajouta Nick d'une voix douce alors que je tournais la tête vers lui. Ses yeux brillaient de désir et je pouvais voir la bosse qui tendait son pantalon de ski, mon corps ne rêvant lui aussi que de l'accueillir au plus profond de moi. Je m'assis et l'attirai vers moi.

« Viens là. »

Il s'approcha entre mes jambes ouvertes et dévora ma bouche de la sienne. J'enroulai mes bras autour de son cou et me laissai emporter par le baiser, sans plus penser à ce que j'avais ressenti la nuit dernière, ni même avec qui il l'avait passée. Il était là, avec moi. Ça devait vouloir dire quelque chose. Et je décidai de vivre dans le moment présent.

Les doigts tremblants, je libérai sa queue du pantalon et commençai à le caresser. Après trois jours passés à faire l'amour avec Nick, je savais comment le faire jouir et jusqu'où je pouvais le pousser.

« Angel, me dit-il d'une voix douce, son corps frissonnant entre mes doigts. Qu'est-ce que tu fais ? »

Caressant l'arrière de sa tête, je le regardais directement dans les yeux. « Tu n'as rien avec toi, n'est-ce pas ? »

Il secoua la tête, les yeux pleins de regret. « Non, je ne prends pas mon portefeuille pour aller skier. »

Je le regardai en faisant la moue, tout en continuant à le caresser, un peu plus vite. « Mais pourtant je te voulais en moi tout de suite... bon, et bien je crois que tu devras te contenter de ça. »

Il pressa son front contre le mien, son souffle devenant plus rauque. « Bon Dieu, tu vas me tuer.

— J'espère pas, riais-je. Je n'ai pas de formation de secouriste. »

Son rire se transforma en grognement alors que mes doigts glissaient sur toute la longueur de son membre, ses mains à lui, occupées sur mes seins enduits d'huile. La pièce ne résonnait plus que du son de nos deux respirations qui se faisaient de plus en plus rapides, alors que j'accélérais le mouvement de mes mains. Sa bouche se posa sur la mienne quand il jouit sur moi, la chaleur de sa semence enflammant ma peau. J'adorais lui faire cet effet-là, être celle qui lui faisait ainsi perdre le contrôle.

Ses lèvres effleurèrent les miennes une fois encore avant qu'il ne se recule et me tende une serviette. « J'espère qu'ils désinfecteront. »

J'arquai un sourcil, en m'essuyant. « Je ne crois pas que beaucoup de monde les payent pour qu'ils quittent la pièce. »

Il reboutonna son pantalon et se passa une main dans les cheveux. « Et donc, tu vas me dire pourquoi tu es tellement en colère contre moi ? Je sais que je n'aurais pas dû dire ce que j'ai dit, mais… » il laissa sa phrase en suspens.

Je ne voulais pas lui parler. Je ne voulais pas lui dire ce que j'avais vu, ce que j'avais ressenti et comment tout s'était écroulé.

Mais si je ne le faisais pas, il ne pourrait pas comprendre pourquoi je m'étais comportée de la sorte. « Je t'ai vu, avec la blonde hier soir. Au bar, puis devant l'ascenseur. »

Il jura et quelque chose ressemblant à du regret passa sur son visage si charmant. « Je suis franchement désolé Angel, mais je te jure qu'il ne s'est rien passé entre nous. Elle était complètement bourrée. J'étais énervé et j'ai pensé que je me sentirais mieux en flirtant un peu. »

Ses mots me réchauffèrent et m'attristèrent à la fois. « Donc, tu as pensé que coucher avec une autre pourrait te faire oublier ce qui s'est passé entre nous. Que s'est-il passé d'autre ?

— Elle m'a embrassé. Mais rien de plus, je te jure, continua-t-il d'un air sombre et offensé.

— Je t'ai vu l'accompagner jusqu'à sa chambre, Nick.

— Ce n'est pas ce que tu crois, je n'ai pas abusé de son état, je ne suis pas comme ça. J'ai été un gentleman. Je ne pouvais pas la laisser au bar dans cet état, il aurait pu se passer n'importe quoi. Ma mère ne m'aurait jamais pardonné si j'avais abandonné une femme dans un tel état, elle m'a mieux élevé que ça. Je l'ai raccompagnée jusqu'à sa chambre et l'ai mise au lit, c'est tout. Je te le jure.

— Pourquoi devrais-je te croire ? Où es-tu allé après alors ? Parce que tu n'es pas rentré juste après. Ça ne colle pas au niveau du timing. Si tu me dis la vérité, ça n'aurait dû te prendre que quelques minutes pour la ramener dans sa chambre et revenir dans la nôtre.

— Je suis reparti au bar après, tu peux demander au barman, Henry. J'étais avec lui jusqu'à ce qu'il me dise de dégager vers quatre heures du matin. Tu dois me croire. Je ne sais pas où ça en est entre nous, mais je ne suis pas du genre à mentir. Jamais. Je ne suis pas ce genre de mec, Angel. »

Je poussai un soupir, ramassai le drap et l'enroulai autour de moi, me sentant gelée tout à coup. « Je suis désolée... j'ai pensé au pire.

— Ne sois pas désolée. C'est moi qui dois m'excuser. Je n'aurais pas dû faire foirer ce qui se passait entre nous. J'aurais dû fermer ma grande gueule et te suivre jusqu'à la chambre. »

Je grimaçai, puis hochai la tête. « C'est juste que tu m'as pris par surprise avec ce que tu m'as dit. Nous vivons si loin l'un de l'autre et je sors juste d'une longue histoire qui m'a explosé au visage. »

Nick me réduisit au silence avec un baiser fougueux avant de me regarder dans les yeux et de m'immobiliser de ses mains. « Écoute, dit-il dans un souffle. Je ne sais pas de quoi demain est fait. Tout ce que je sais, c'est que je ne peux pas te sortir de ma tête et la dernière chose que je veux, c'est gâcher mes dernières heures ici à me disputer avec toi. J'ai envie de te faire l'amour encore et encore, je veux ton corps enroulé autour du mien jusqu'à la fin de la journée.

— M-moi aussi, admis-je en dessinant du bout du doigt des cercles sur son épaule. Pouvons-nous juste profiter du temps qu'il nous reste à passer ensemble alors ? »

— Oui, répondit-il, m'embrassant sur le front. Viens, j'ai une surprise pour toi.

— Encore ? » Curieuse, je me rhabillai précipitamment, rougissant en sortant de la pièce à ses côtés quand je croisai la masseuse et d'autres membres du personnel. « Je crois qu'ils savent ce qu'on a fait, murmurai-je.

— Et alors ? Nick se mit à rire, passant son bras autour de moi alors que nous nous dirigions vers notre suite. On ne les reverra jamais plus et de toute façon je suis sûr qu'ils sont jaloux. »

Il avait raison, bien sûr, mais ça ne fit que me rappeler avec acuité la seule personne que j'avais envie de revoir et que je ne reverrais probablement jamais.

Nous entrâmes dans la suite, il se dirigea vers sa valise et en sorti une petite pochette cadeau. Tiens, me dit-il en me la tendant. « Joyeuse Saint Valentin en retard, Angel. »

Surprise, je pris la pochette. « Tu n'étais pas obligé. Tu m'as déjà offert ce magnifique coucher de soleil au Rocher des Amoureux. » Je n'avais rien pour lui et n'avais même pas pensé qu'on pourrait s'échanger des cadeaux.

« Si, ça me fait plaisir… ce n'est pas grand-chose, tu verras, me répondit-il en me faisant signe de l'ouvrir. Allez, sois pas timide, ouvre-le. »

Je m'exécutais et découvrit une grosse boule à neige,

lourde, fabriquée dans ce qui semblait être une sorte de cristal hors de prix, les pentes de la montagne s'y reflétaient dans la lumière diffractée. Ce n'était pas le simple souvenir banal. C'était un trésor.

C'est pour que tu te souviennes de cet endroit, du temps que l'on a passé ensemble et du fait qu'il ne faut plus jamais que tu mettes un pied sur une piste de ski, du moins pas toute seule, continua-t-il, un sourire aux lèvres, alors que je secouais la boule à neige.

Des larmes me montèrent aux yeux, je posai la boule sur la table et me jetai dans ses bras, sentant la chaleur et la sécurité qu'ils me procuraient quand ils se refermèrent autour de moi. Qu'avais-je fait pour mériter un destin si cruel ? Trouver un homme comme celui-là et ne pouvoir l'avoir que quelques jours ?

Plus important encore, comment allais-je trouver la force de la laisser s'en aller ?

## CHAPITRE QUATORZE

NICK

Jour du départ

D'habitude, j'attendais le matin avec impatience, c'était pour moi l'occasion de faire quelque chose de nouveau, de prendre ma vie en main.

Mais ce matin, je redoutais de voir poindre le soleil derrière les belles montagnes du Colorado. Notre dernier jour ensemble.

Angel remua derrière moi et je posai une main sur son épaule, ne voulant pas encore la réveiller. Aujourd'hui, nos chemins allaient se séparer, nous allions rentrer chez nous et retourner à nos vies.

Et ça craignait carrément.

En soupirant, je passai ma main sur ses cheveux, repensant à la nuit d'hier et au nombre d'heures que nous avions passées dans les bras l'un de l'autre, sans mentionner le temps que nous avions passé l'un dans l'autre. Nous avions baptisé toutes les surfaces possibles et imaginables de cette suite, nous avions appelé le room service et nous avions recommencé, jusqu'à être trop épuisés pour bouger. Puis nous avions parlé, elle blottie contre moi jusqu'à tard dans la nuit.

Je connaissais chaque courbe de son corps, l'emplacement de chaque grain de beauté sur sa peau, j'avais goûté chaque centimètre de sa chair avec ma langue. Et pourtant, ce n'était pas encore assez.

« C'est déjà le matin ? »

Je baissai les yeux pour la voir qui me regardait, ses beaux yeux encore ensommeillés. « Oui.

— Flûte, soupira-t-elle, tendant la main pour me caresser la joue. Je crois qu'on ferait bien de se lever et de se préparer alors. À quelle heure doit-on rendre la chambre ? »

Je baissai la tête et plantai un baiser sur ses lèvres. « On pourrais rester tu sais, je crois bien que je pourrais nous payer encore une semaine ou deux. »

Elle sourit, la bouche toujours posée contre la mienne, me mordillant les lèvres. « Je ne crois pas qu'une semaine serait suffisante et nous serions dans la même situation que maintenant à la fin. »

Non, ça ne serait pas suffisant, j'étais d'accord avec elle. Nous nous embrassâmes et restèrent dans les bras l'un de l'autre pendant quelques minutes encore, puis fîmes l'amour une dernière fois, nos corps encore chauds et ensommeillés de la nuit.

Il aurait été si facile de se tirer la couverture sur la tête et d'oublier le monde autour de nous. Mais la réalité nous rattraperait bien assez tôt.

. . .

À REGRET, je la laissais se lever, la regardant descendre du lit et tituber jusqu'à la salle de bains. Une semaine n'aurait jamais été suffisante et je doutais de trouver un nombre de jours qui aurait pu suffire. L'éternité suffirait-elle ?

Quelque chose avait changé en moi grâce à elle, elle avait éveillé quelque chose de féroce et de possessif, j'avais envie de la prendre dans ma valise et de la ramener dans le Minnesota avec moi. Je voulais un futur avec elle.

Merde, mes frères mariés commençaient à déteindre sur moi.

Je me forçai à me lever choisissant les vêtements que j'allais porter pour le vol qui me ramènerait chez moi, la colère commençant à poindre en moi. Nous devions rentrer chacun chez soi. Nous allions devoir nous séparer, peu importe à quel point aucun de nous deux n'avait envie de partir.

Angel ne dit rien en sortant de la salle de bain habillée. Je pris sa place sous la douche rêvant de pouvoir ralentir le temps. Puis nous finîmes d'empaqueter nos affaires en s'assurant de ne rien oublier.

« T'es prêt ? Demanda-t-elle en posant sa valise près de la porte et en jetant un dernier coup d'œil à la pièce principale.

— Non. »

Elle tressaillit et me caressa le visage. « Tu as été mon meilleur Valentin, mais nous savions tous les deux que ça ne durerait pas.

— Je sais, » répondis-je, incapable de la regarder dans les yeux. Un rire triste s'échappa malgré moi de mes lèvres. Regarde-toi comme tu es douce et courageuse.

— Qui aurait cru, hein ? Allez viens, allons prendre le petit-déjeuner avant de partir. T'es prêt ? demanda-t-elle à nouveau, cette fois en me serrant la main.

— Oui, répondis-je lançant mon sac par-dessus mon

épaule. Aussi prêt que possible. Mais je ne crois pas que je pourrais avaler quoi que ce soit. »

Le sourire triste sur ses lèvres ne fit rien pour arranger les choses, mais elle quitta bravement ce qui avait été notre paradis personnel, la suite dans laquelle nous nous étions faits tant de souvenirs et me laissa fermer la porte derrière moi. J'aurais voulu dire quelque chose qui aurait eu du sens pour elle, quelque chose qui aurait adouci la douleur de cette séparation, mais je ne trouvais rien à dire qui aurait rendu justice au temps que nous avions passé ensemble. Aucun mot n'était à la hauteur, ni aucune promesse. Nous savions tous les deux que les relations longue distance ne marchaient que rarement.

Après avoir grignoté du bout des dents un demi-bagel qui avait un goût de sciure, je le reposai et regardai Angel manger sa salade de fruits. Elle déplaçait une cerise au sirop d'un côté à l'autre du bol, mangeant tout autour et se la gardant pour la fin. Nous étions assis, dans un silence poli, se lançant constamment des coups d'œil.

Nous nous rendîmes à la réception ensemble pour rendre les clés et montâmes dans la navette de l'hôtel, qui nous emmena vers l'aéroport dans un silence assourdissant et je sentais mon cœur tambouriner à tout rompre dans ma poitrine, me hurlant de faire quelque chose. Je vérifiai mes horaires de vol sur mon téléphone. C'était bien décevant, mais il était à l'heure.

« J'ai bien l'impression qu'il faudra que je me dépêche si je veux l'avoir. »

Elle me regarda, un mince sourire étirant ses lèvres. « Moi j'ai une heure d'attente si ça peut te consoler.

— Ça ne me console pas, non, » répondis-je remettant mon téléphone dans ma poche et posant ma main sur la sienne. Elle ne résista pas et entrecroisa ses doigts dans les miens. « Quelle est la première chose que tu feras quand tu rentreras chez toi ?

— Vérifier mes emails, commander du Chinois et me vautrer sur mon canapé, répondit-elle. Je ne reprends le travail que lundi.

— La chance, dis-je, caressant sa main de mon pouce. Moi, il va falloir que je me remettre à jour avec mes frères et que j'appelle ma mère avant qu'elle ne me déshérite. »

Angel se mit à rire. « Ce serait dommage ! »

La navette s'arrêta devant le terminal de l'aéroport avant que j'aie pu répondre et nous passâmes les minutes suivantes à récupérer nos valises et à marcher vers les portes d'embarquement. Je m'arrêtai juste avant la sécurité et mis mon sac sur l'épaule. « Je m'arrête ici. »

Angel me désigna le bout du corridor. « Moi c'est par là. »

Je m'éclaircis la gorge et passai une main dans mes cheveux. « J'ai passé un moment formidable avec toi, ma belle, inoubliable. »

Son regard s'adoucit et elle acquiesça, baissant la tête et fixant ses pieds. « Moi aussi, Nick.

— Tu es sûre que tu ne veux pas venir avec moi dans le Minnesota ? Tu es plus que la bienvenue.

— Je suis sûre, je ne peux pas tout plaquer comme ça, Nick. J'ai une vie, un travail… »

Je l'attirai contre moi et l'embrassai. Souhaitant que se moment dure éternellement. « Bon voyage jusqu'en Caroline. Fais bien attention à toi. »

Elle hésita, jouant avec un bouton de ma chemise. « Tu vas beaucoup me manquer, je ne t'oublierai jamais. »

Je posai mon front contre le sien. « Tu vas me manquer terriblement Angel. »

Elle frémit et se recula, pressant un morceau de papier dans ma main avant de partir sans rien ajouter de plus. Je la regardai partir, les battements de mon cœur suivant le rythme de ses pas. Ça n'apporterait rien de bon que je me mette à courir derrière elle. Ce qui était fait était fait et nous n'avions pas d'autres choix. Notre aventure devrait se suffire à elle-même.

En me dirigeant vers mon avion, je regardai le papier qu'elle m'avait tendu et un sourire s'étira sur mes lèvres. C'était son numéro de téléphone et son adresse, une preuve qu'elle n'avait pas envie que ce soit complètement fini entre nous.

Ça devait compter pour quelque chose.

Il y avait encore de l'espoir et la balle était dans mon camp, restait à savoir si j'allais être suffisamment courageux pour sauter le pas.

## CHAPITRE QUINZE

ANGEL

17 mars

*E*n général, j'aimais bien la fête de la Saint Patrick. Mais cette fois-ci, je n'arrivais pas à m'enthousiasmer. Je n'avais d'ailleurs plus de passion pour quoi que ce soit. Au contraire, je me prenais à ressentir du dégoût pour la moindre fête, même la plus insignifiante.

Chaque semaine au boulot, un comité choisissait une fête déjantée à célébrer, supposée apporter un peu de « fun » dans la semaine de travail. La semaine après mon retour, nous avions célébré le jour de la tarte aux cerises et j'avais presque pleuré quand la part de tarte en forme de cœur avait atterri sur mon bureau. Tout ça, parce que je ne pouvais parler à personne de ce qui s'était passé avec Nick.

Je rêvais que nous marchions tous les deux, main dans la main, que nous regardions la parade de la Saint Patrick, tout en buvant de la Guinness et qu'il portait un de ces ridicules chapeaux verts trop grands.

Mais ce n'était qu'un rêve. J'avais l'impression que ce voyage n'avait été que cinq jours de pur plaisir. C'était une sensation étrange et même quand je parlais de Nick à ma meilleure amie, je voyais bien qu'elle ne me croyait qu'à moitié.

Je m'étais promis de ne m'accorder que quelques jours pour pleurer sur mon sort sur mon canapé, mais ce temps s'était éternisé. Nick n'aurait pas été du genre à se laisser aller comme ça, il m'aurait sûrement botté les fesses hors du lit s'il avait pu voir à quel point j'étais misérable. Il ne m'avait pas appelée. Pour je ne sais quelle raison, il n'avait pas utilisé le bout de papier que je lui avais tendu.

Il était passé à autre chose.

Et s'il le pouvait, je le pouvais aussi… enfin, peut-être dans quelques jours. Je me laissais jusqu'à la fin de la semaine et je passais à autre chose.

Ce n'était pas le nouvel an, mais il était toujours temps de prendre un nouveau départ et j'avais déjà perdu assez de temps comme ça. Et pour ce qui restait de l'année, j'étais bien résolue à ce que ma vie prenne une nouvelle tournure, je ferais tout pour dans tous les cas.

Et même s'il ne m'avait pas appelée, il m'avait inspirée. Grâce à lui, j'étais résolue à essayer de nouvelles choses, essayer l'escalade, reprendre mes études de droit, passer enfin l'examen du barreau que je m'étais toujours promis de réussir ou mieux encore, trouver une piste de ski d'entraînement et essayer de ne plus finir sur les fesses.

Remontant la couverture jusque sous mon menton, je regardais la télé locale diffuser des images des rues bondées et interviewant des passants tout excités par la parade sur le point de commencer et leur demandant quel char ils attendaient le plus. La caméra fit un panoramique sur la foule, qui ressemblait à une mer de visages verts et heureux.

Je restais assise et regrettais encore une fois ne pas avoir demandé son numéro de téléphone à Nick avant de partir.

En soupirant, je me frottai le visage de la main, sentant encore la même douleur dans la poitrine que le jour où nous nous étions quittés à l'aéroport et espérant qu'il m'appellerait en rentrant chez lui.

Il ne l'avait pas fait, ni pendant les semaines qui suivirent, alors que je lui avais donné mon numéro. Les premiers jours, je l'avais mis sur le compte du fait qu'il devait être occupé par son nouveau travail et qu'il fallait qu'il pense à ses frères et à sa mère avant tout.

Mais, à mesure que les jours passaient, je perdis peu à peu espoir. Peut-être que ce qui s'était passé entre nous était moins fort que ce que j'avais pensé, peut-être n'avait-ce été qu'un rêve un peu fou.

Et si je n'avais pas la boule à neige posée à côté de moi sur ma table de chevet, j'aurais vraiment pu croire que tout n'avait été que le fruit de mon imagination.

La sonnerie de la porte retentis, m'arrachant à mes pensées, je me débarrassai de ma couverture en me demandant qui pouvait bien sonner à ma porte comme ça. J'espérais que ce n'était pas Tim. Il n'avait pas non plus essayé de me recontacter depuis que j'étais rentrée et je préférais que ça continue comme ça. Puis je me rappelai que j'avais commandé des plats pour pouvoir rester chez moi, pique-niquer sur mon lit comme nous l'avions fait avec Nick, tout en regardant le défilé à la TV.

En me dirigeant vers la porte, je me saisis de mon sac et commençai à farfouiller dedans pour trouver de la monnaie. Puis, j'hésitai une seconde et regardai à travers le judas. Je ne vis rien, tout était sombre à l'extérieur. Et si c'était un maniaque ? Un tueur en série ? Un reniflement m'échappa. Quels étaient les risques ? Il aurait été bien désespéré pour monter les trois étages à pieds et choisir mon appartement parmi les trente autres de l'étage. Mais ce n'était pas une raison pour faire n'importe quoi, même si ça aurait définitivement mit fin à mon chagrin d'amour.

« Qui est là ?

— Ouvre, Angel, c'est moi. »

Je soupirai et cognai mon front contre la porte. « Va-t'en Tim, je t'ai dit que je ne voulais plus jamais te revoir.

— Chérie, laisse-moi juste rentrer, qu'on puisse parler. On pourrait aller voir le défilé ensemble si tu veux. Tu as toujours adoré cette fête. »

Je grognai, espérant affirmer ma résolution. Ç'aurait été si facile de le laisser rentrer et de recommencer notre histoire. De céder pour ne plus me sentir seule.

« Angel ? Tu me manques trop. Je t'en prie ! Je sais que je n'aurais jamais dû coucher avec Michelle... »

Sa voix s'éteignit, se répandant en excuses, mais à la simple mention de son nom, la douleur qu'il m'avait infligée refis surface. Je serrai les dents et me redressai. « Laisse-moi tranquille Tim ! Si tu ne pars pas dans la seconde, j'appelle les flics ! »

Je l'entendis chouiner puis il y eut un bruit sourd quand son poing ou sa tête s'abattit sur la porte. « Je ne vais nulle part tant que tu ne me laisses pas rentrer ! » Il continua à cogner à la porte faisant vibrer le battant et secouant la chaîne que je sécurisai rapidement. Je fermai les yeux et comptai jusqu'à dix.

Mais quand je les rouvris, tout était silencieux. Était-il toujours dehors ? Je regardai par le judas à nouveau, jurant que s'il était toujours là, j'appelais les flics.

Une ombre bougea, quelqu'un en noir s'approcha de ma porte.

« Je t'ai dit de dégager d'ici !

— Angel, c'est moi. Il est parti. »

Je déverrouillai ma porte.

Lentement, je l'ouvris et faillit hurler de joie en voyant Nick devant moi tenant un bouquet de roses blanches et vertes dans les mains. Il était habillé d'un smoking qui le faisait ressembler à James Bond. Et à la vue du sourire si sexy qu'il arborait sur son visage, je dus me pincer pour m'assurer que je ne rêvais pas.

« Salut ma belle, dit-il en me tendant les fleurs. Joyeuse Saint Patrick. »

D'une main tremblante, j'acceptai les fleurs. « Q-que fais-tu ici Nick ? Que s'est-il passé ? Où est Tim ? »

Son sourire s'élargit. « Oula, une seule question à la fois. Je suis ici pour te voir, bien sûr. Et oui, j'ai fait peur à la petite fouine. Je ne crois pas qu'il t'embêtera à nouveau.

— Je ne sais pas quoi dire. Merci. Mais pourquoi, Nick ? Je ne comprends pas ce que tu fais là. Tu ne m'as pas appelée…

— Je sais et je suis désolé, je n'aurais pas dû attendre si longtemps. Mais tu vois, je suis rentré dans le Minnesota, je suis revenu dans ma réalité et j'ai réalisé que tout avait changé.

— Vraiment ? » demandais-je pitoyablement, un millier de pensées se bousculant dans ma tête. Il était là. Nick était devant moi, devant la porte de mon appartement, en Caroline du nord.

« Ouais, répondit-il levant la main pour me toucher la joue du bout des doigts. J'ai pris conscience que je ne pouvais pas continuer à vivre ma vie comme ça sans y ajouter quelque chose de vital et de précieux. »

Comme attirée vers lui par un élastique, je me rapprochai

jusqu'à pouvoir sentir son eau de toilette. « Et qu'est-ce que c'est ?

— Toi, dit-il, prenant mon visage en coupe dans ses mains. Toi Angel. Ce que j'ai découvert dans les montagnes du Colorado est toujours là, à l'intérieur de moi et je n'arrive pas à penser à autre chose. J'ai essayé de t'oublier. Ça a été impossible… je n'ai pas pu. J'ai besoin de toi ma belle.

— Nick, murmurais-je les larmes me montant aux yeux. Pourquoi ça t'a pris autant de temps ? »

Il rit en me prenant dans les bras et en me serrant fort contre lui, écrasant les fleurs entre nous deux. « Et bien je ne pouvais pas tout plaquer si vite, Angel. J'ai dû m'arranger, louer ce smoking et organiser des congés pour toi en secret. La totale, quoi…

— Tu as appelé mon patron ?

— Oui, et il s'avère que c'est quelqu'un de plutôt romantique. Tu es en vacances toute la semaine prochaine et tu viens avec moi. »

Il ne m'avait pas oubliée. Il avait parcouru le pays entier pour moi. « Où allons-nous ? Je ne suis pas en tenue pour aller bien loin, là tout de suite. »

Il se recula et me regarda de la tête aux pieds. « Je n'ai jamais vu de tenue aussi sexy. Puis il se mit à rire. Mais ma mère préférerait te voir toute habillée.

— Ta mère est ici ? demandais-je choquée en regardant dans le couloir.

— Non, mais elle t'attend dans le Minnesota. Pour le banquet de la Saint Patrick.

— Tu as parlé de moi à ta mère ? »

Il hocha la tête. « Oui, c'est d'ailleurs elle qui m'a aidé à y voir plus clair. En me frappant sur la tête avec un programme TV pour tout te dire, et en me disant que j'étais stupide de ne pas donner sa chance à l'amour.

— Mais Nick… rien n'a changé.

— Tout a changé au contraire Angel. La vie est trop courte pour ne pas la partager avec ceux qu'on aime. Je veux que tu viennes voir chez moi, la vie que je peux t'offrir. Je veux que tu t'installes avec moi, que tu sois ma colocataire pour la vie… je veux que tu sois ma Valentine tous les ans. Mais si ce n'est pas possible pour toi, alors c'est moi qui quitterai tout. Mon travail, ma famille. Et je m'installerai ici avec toi s'il le faut.

— Tu abandonnerais tout pour moi ?

— J'abandonnerais tout pour être avec toi, oui.

— Mais tu ne peux pas, Nick…

— Pourquoi ? Je le ferais pour toi. Je t'aime. »

Au même instant, je sus que je ressentais la même chose. Il était prêt à renoncer à sa vie entière pour que nous puissions être ensemble et j'étais prête à le faire aussi. Rien ne me retenait ici réellement. Je pourrais retrouver un travail, m'inscrire à la fac de droit près de chez lui, me faire de nouveaux amis. J'étais prête à faire tout ça pour lui.

« Je t'aime aussi.

— C'est oui alors ? Tu viens avec moi ? Donne-moi une chance ! »

J'avalai ma salive et regardai dans ses beaux yeux bruns.

« Notre avion décolle quand ? »

Ses yeux s'éclairèrent et le feu que j'y vis me fit chaud au cœur. « Tu viens avec moi, alors ?

— Oui !

— Et bien, il nous reste quelques heures avant qu'il ne décolle. »

Je lui souris, l'attrapai par le revers de sa veste et l'attirai à l'intérieur de l'appartement, refermant la porte derrière lui. « Ça nous laisse un peu de temps pour refaire connaissance alors. »

Nick s'approcha de moi. « J'adore ta façon de penser ma petite Valentine coquine. »

LIVRES DE JESSA JAMES

**Mauvais Mecs Milliardaires**
Du Bout des Lèvres

Un Accord Parfait

Touche du bois

Un vrai père

**Le Club V**
Dévoilée

Défaite

Percée à Jour

**Le pacte des vierges**
Le Professeur et la vierge

La nounou vierge

Sa Petite Pucelle Dépravée

**Le Cowboy**
Comment aimer un cowboy

Comment garder un cowboy

**Livres autonomes**
Supplie-Moi

Fiançailles Factices

Pour cinq nuits et pour la vie

BOOKS BY JESSA JAMES (ENGLISH)

**Bad Boy Billionaires**

Lip Service

Rock Me

Lumber jacked

Baby Daddy

**The Virgin Pact**

The Teacher and the Virgin

His Virgin Nanny

His Dirty Virgin

**Club V**

Unravel

Undone

Uncover

**Cowboy Romance**

How To Love A Cowboy

How To Hold A Cowboy

Beg Me

Valentine Ever After

Covet

## NOUVELLES DE JESSA JAMES

Abonnez-vous à ma liste de lecteurs VIP français ici : http://ksapublishers.com/s/jessafrancais

## À PROPOS DE L'AUTEUR

Jessa James a grandi sur la Cote Est des États-Unis, mais a toujours souffert d'une terrible envie de voyager. Elle a vécu dans six états différents, a connu de nombreux métiers, mais est toujours revenue à son premier amour – l'écriture. Jessa travaille à temps plein comme écrivaine, mange beaucoup trop de chocolat noir, à une addiction aux Cheetos et au café frappé, et ne peut jamais se lasser des mâles alpha sexy qui savent exactement ce qu'ils veulent – et qui n'ont pas peur de le dire. Les coups de foudre avec des mâles alpha dominants restent son genre favori de nouvelles à lire (et à écrire).

Inscrivez-vous ICI pour recevoir la Newsletter de Jessa
http://ksapublishers.com/s/jessafrancais

www.jessajamesauthor.com